ORIGINE DELLE FESTE VENEZIANE

VOL. I

GIUSTINA RENIER MICHIEL

Questa parola Festa, questa parola sì bella, non si pronunzia giammai senza un vero senso di gioia. L'oggetto di tutte le Feste sì civili, che religiose, dalla loro origine sino ai nostri dì, dalla capanna del selvaggio alla città la più incivilita, è di richiamare alla mente qualche epoca favorevole, qualche prospero avvenimento. Ognuno ha un carattere suo proprio, come ogni nazione ne ha uno di particolare a sé. Quello de' bei tempi della Grecia e di Roma erano tutte appoggiate sulle antiche finzioni mitologiche, le quali rammemoravano benefizii ricevuti, bisogni da soddisfare, piaceri da godersi. Sempre l'idea di una divinità benefica o vendicativa presiedeva ai lor misteri, si mischiava ne' loro incensi. Qualora si prostravano essi dinanzi all'altar di Cerere, ciò facevano pensando, che quella divinità invigilato avesse sulle loro abbondanti raccolte. Se tremanti sagrificavano alle Eumenidi, lo facevano per placar la collera di quelle Dee infernali. Una venerazione religiosa, secondo i tempi e gli Dei, dirigeva sempre tutte le loro solennità. Se poi da queste finzioni del paganesimo innalziamo la nostra mente alle pratiche della vera Religione, le Feste fondate dal Cristianesimo tutte presentano l'idea di epoche consacrate da' favori ricevuti dal Cielo, e per li nostri cuori il bisogno pressante di dimostrarne la riconoscenza. L'ultimo giorno poi della settimana, destinato dalle sacre Carte al riposo, fa sì che la debile creatura imiti il suo benefico Creatore; ed in quel giorno l'artigiano, l'agricoltore, il negoziante, e persino il magistrato, si godono della quiete e del riposo. All'albeggiar di quel dì l'aria rimbomba del maestoso suono de' sacri bronzi; apronsi i templi; i divoti vi concorrono in folla; i sacerdoti indossano i loro sontuosi paramenti, alzano le mani al cielo, cantano inni e preci per li beni ottenuti, e per implorarne di nuovi. Terminate le ecclesiastiche funzioni, incomincia la Festa civile, e l'amabile gioia si presenta sotto altro aspetto. Chiusi sono i tribunali della giustizia; il romor delle officine cangiasi in suoni giulivi per le strade e per le piazze; i banchetti si moltiplicano; il vino scorre più in copia dell'usato, e per ciò più vivace è la letizia. Musicali stromenti sparsi di qua di là invitano alla danza, in cui i sessi, l'età stesse si confondono in una; pare sino scremarsi la paterna e materna severità. Con quale impazienza dunque non devono essere aspettati questi giorni? Godesi già di essi coll'immaginazione; e passati, servono ancor di giocondo trattenimento. Per tal modo il popolo dimentica le su giornaliere fatiche, e benedice gli autori della sua felicità.

Oh quanto bella e confortante istituzione fu quella di consacrare con atti solenni le epoche le più importanti della vita, sì liete che tristi! Il nostro cuore, la nostra sensibilità trovano in essi qualche cosa di sì sublime e di sì consolante, qualche cosa che conviene tanto perfettamente ai nostri bisogni, alla debolezza dell'esser nostro, che vengono ricevuti come mezzi celesti e necessarii. Gli antichi Veneti legislatori, che ben sapevano qual'influenza abbiano le idee religiose sull'immaginazione, vollero che il Governo fosse sempre a parte delle solenni cerimonie sacre, e che vi si frammischiasse sempre la devozione e la pompa. Conoscendo que' saggi essere l'immaginazione il talismano di cui la natura si serve per condurci a sua voglia verso l'oggetto de' suoi disegni, essi pure adoperarono questo medesimo talismano al nobil scopo di eccitare sempre più l'entusiasmo patriottico. Quindi vollero che il Battesimo, il Matrimonio ed anche i Funerali si facessero colla maggior pompa. Oltre poi a certe epoche gloriose stabilirono alcune Feste nazionali, che negli Stati repubblicani hanno sempre una grande influenza sul comune bene.

Il precipuo scopo di queste Feste, che appo noi corsero, era quello di avvertire ogni Veneziano, ch'egli aveva una patria, che tutto in essa risiedea, e che questa patria che doveva adorare non era un essere ideale e chimerico, ma che era il cittadino stesso che la formava, egli stesso che la sosteneva. D'altra parte i legislatori di un popolo, che ad altro non obbedisce che alle leggi, sapevano, che per formar cittadini, che sieno veri figli della patria, conveniva por loro sotto gli occhi gli esempi atti ad infiammar la loro emulazione, e certi quadri valevoli a spignere sino al trasporto l'amore della virtù e della gloria. Era utile l'accrescere nell'animo d'ogni cittadino la venerazione dovuta ai padri della patria, ai genii benefici che l'avevano difesa e tratta da esterni pericoli, ed insieme l'inspirar loro un profondo disprezzo verso quegli uomini vili, ambiziosi, e perversi, che avevano abusato del potere per distruggere le leggi fondamentali della società.

Festeggiandosi le vittorie, si venne insieme ad esaltar la moderazione de' vincitori, la giustizia ed il buon ordine stabilito ne' governi delle conquistate provincie. Simili institutioni sono i monumenti i più onorifici per quelli che hanno servito la patria, valgono di sprone il più potente per quelli che devono ancora servirla; sono i documenti i più autentici della storia patria, e sono infine i precettori della filosofia e della morale, che persuadono assai più di tutti i ragionamenti, di tutti gli scritti.

Ciascuna Festa ripeteva dunque un'origine sua particolare. Quasi tutte per institutione dovevansi celebrare ogni anno, e la lor durata esser doveva quella della Repubblica. Il popolo le riguardava come un nuovo pegno della sua indipendenza, ed avevale care, poiché vi compariva egli stesso come attore, come spettatore, e come giudice insieme. In mezzo ad esse egli sentiva crescere il suo ardimento, vedeva dilatarsi i suoi lumi, e la loro celebrazione gli richiamava in mente quelle illustri e memorande azioni, che avevano contribuito al comun bene. Gustandosi dopo alcuni secoli di questa felicità ripartita sopra ciascun cittadino, rimaneva il popolo appieno convinto, che quelle erano Feste veramente nazionali, e sfoghi sinceri dell'universale contentezza. Per esse univansi tutti i tempi sotto un sol punto di vista; il presente diretto dalla cognizion del passato, tramandava al futuro un carattere nazionale. La riunione spontanea in simili occasioni di tutti li Magistrati, e di tutti li cittadini nasceva dal general entusiasmo, che fuor di dubbio è la leva più possente per innalzare l'anima e i cuori, e per dirigerli con un sol movimento inverso il bene di tutta la grande famiglia.

Ma sì fatte institutioni, attraversando lo spazio di molti secoli, soggiacquero a qualche alterazione, a qualche cangiamento, e di molte si smarrì quasi l'origine. Esse però non perdettero giammai il sostanziale loro carattere, ch'era quello di riferir tutto al vantaggio comune ed al solo amor della patria. Non ci vuol meno di una rivoluzione forzata per alterare le idee ed i costumi di una nazione, per far obbliare le antiche institutioni; anzi è a credersi che le resti sempre una tenera reminiscenza, a cui si abbandoni con interna dolcezza, e di cui le sia grato occuparsi. Non v'ha certo uomo generoso e sensibile, che non si senta spesso in necessità di trattenersi col pensiero sulla sua patria, sia che egli rammentisi quel tempo felice di splendore e dignità ch'ella godeva in grembo alla pace, sia ch'egli pianga sopra i suoi guai. Egli inoltre è avido di ogni occasione di parlarne colla più viva passione, e chiunque osasse accusarlo di parzialità soverchia, mostrerebbe che non fu mai capace di sentir quell'amore che ingrandisce e nobilita tutti i pensieri:

Quanto la patria a un cor gentile è cara!

Non si sono forse veduti alcuni popoli mal paghi della loro sorte attuale abbracciar avidamente insin le favole della passata loro gloria? Sarà dunque permesso ad una Veneziana, che d'esser tale si vanta, di frugare negli annali e nelle cronache della patria, a fine di ripescarvi i principali fatti, che stabilirono la sua gloria per quattordici e più secoli. Maggiormente ciò sarà permesso in tempo che nulla più esiste di quanto fu. Che s'è già osservazione antica, non iscriversi mai sopra un'arte, che allora quando essa è perduta, come se allora solo gli uomini ne prendessero parte; quanto maggiore non sarà la premura di conoscere istituzioni, che formarono non già degli schiavi, ma de' cittadini d'una patria sì illustre, e che essendo ora interamente annientate, ben presto svanirebbero dall'universale memoria? Io non ardisco tuttavia pormi all'impresa di dare una Storia della Repubblica di Venezia; solo accingomi a parlare sull'origine di una delle sue più antiche instituzioni, cioè delle antiche sue Feste Nazionali, lusingandomi che una tal'opera abbia ad essere favorevolmente accolta in grazia delle ricordanze nobili e interessanti, che per essa si ravviveranno.

Per queste Feste, a mio avviso, meglio che per qualunque storia, verrà a porsi in chiaro la purezza dell'origine di questa celebre Repubblica, le cause che concorsero a formarla, la perpetuità della sua indipendenza, la semplicità delle prime sue leggi, la riforma del suo governo. Per esse si verrà ad ammirare in questa singolare aristocrazia la fine politica de' suoi consigli, la prudente austerità delle sue massime, l'irremovibile patriottismo de' suoi cittadini, la sicurezza e la prosperità di tutti. Esse faranno conoscere il suo nerbo marittimo, l'immensità del suo commercio, la vasta estensione delle sue conquiste, frutto della profonda sapienza del suo Senato, dell'emulazione operosa de' suoi Ammiragli, del vivo entusiasmo e del perfetto attaccamento del popolo: il che servirà pur anco a far riconoscere il torto di chi osò testé stampare a Milano, che "i Veneziani non diedero per sé stessi luogo giammai a grandi avvenimenti." Spiccherà in oltre in queste Feste il grado sempre distinto ch'ella ottenne tra le potenze di Europa, e la sua felice ed affatto straordinaria sorte di aver dato a molti vinti la legge senza essere mai divenuta conquista di alcun vincitore.

Esse per ultimo offriranno la pittura dell'indole, delle opinioni, delle usanze, de' costumi di un popolo molto diverso dagli altri tutti oggidì esistenti, ed in cui l'uomo osservatore troverà raffigurati gli antichi popoli della Grecia e di Roma. Che se allora quando si rivolge la mente alle immortali geste degli antichissimi eroi. La cui effigie appena conservasi ne' bronzi e ne' marmi, svegliasi in ogni seno un generoso palpito di emulazione, quale senso inspirar non dovrà la rappresentazione vera della gloria acquistata da que' personaggi, di cui portiamo tuttavia li medesimi nomi, e quasi l'impronta sul volto di quelle medesime venerande fisonomie?

La critica potrebbe rimproverarmi qualche anacronismo nella successione delle mie Feste; ma è uopo osservare ch'esse cangiarono spesso divisa secondo le circostanze de' tempi, e che per poter particolareggiare utilmente ne' racconti, conveniva discendere ad epoche posteriori alla primiera lor fondazione. Non avendo dunque potuto far sempre susseguitare la festa all'evento da cui trasse l'origine, io chieggo qualche indulgenza, se talvolta sconvolsi l'ordine dei tempi, ed abbracciai quello che mi parve il più proprio, acciocché la lettura portasse seco maggior interesse e piacere, ora variando i soggetti, ora approssimando quelli che hanno fra di loro maggiore analogia. Ecco la sola licenza che mi sono presa. Il resto è tutto appoggiato sopra fatti ed autorità incontrastabili. Io avevo anzi divisato d'indicare tutti gli Autori da' quali trassi i materiali della mia opera; ma ho rinunziato a questa idea perchè una lunga lista di nomi non avrebbe avuto che un'apparenza di pomposa erudizione, senza che recar potesse diletto alcuno a' miei lettori. Posso bensì assicurare, ch'io ebbi ricorso agli storici Veneti, a quelli di Stati ch'ebbero comunion di affari con Venezia, e fin anche a certi scrittori, che non le erano punto propizj. Ho inoltre consultato molti uomini illustri del mio paese, talmente provveduti di perspicacia e di critica da non temere che in loro cada ombra di troppo parzial patriottismo. Sostenuta da tali appoggi oso assoggettare al giudizio pubblico, le mie veglie e i miei studj. Vi avrà forse chi mi accusi di artificiosa esagerazione nello sviluppar l'influenza che puossi attribuire a queste nazionali Feste? E che? Simile taccia viene ella apposta forse agli scrittori della Greca storia, i racconti de' quali per lo più sono misti a favole mitologiche, che ne travisano la verità, o sono impregnate d'uno spirito di superstizione tutto appoggiato al meraviglioso? Non è forse facile il persuadersi che tutto sia possibile ad un popolo libero, sovrano e della sua patria perdutamente amoroso, quando ad un risoluto volere congiunge il nerbo delle ricchezze, che permette ogni cosa intraprendere?

Tuttavia queste mie descrizioni, per quanto veritiere sieno, mi faranno urtare in alcuni inevitabili scogli. Il primo è, che scrivendo in tempi di convulsioni politiche, non havvi concetto o parola che non sia suscettibile di qualche allusione, e di qualche interpretazione a norma del vario interesse di ciascun lettore; ma queste allusioni, queste interpretazioni stanno soltanto nello spirito di chi legge, non nella mente di chi scrive. Il secondo è, che chi sceglie per soggetto de' suoi studii cosa che riguardi il patrio nido, malgrado tutti gli sforzi, i sacrifizii e, direi quasi, una vittoria riportata sui proprii affetti, troverà di raro lettori, che vogliano fare altrettanto, e trionfare al par di lui delle proprie disposizioni, delle proprie opinioni, de' proprj sentimenti. Quindi questi suoi giudici rigetteranno come falso tutto ciò che combatte i lor principii, e si scaglieranno con ardore contro tutti i fatti anche i più luminosi. Io intanto rinnovo le mie proteste, che qui tutto è riferito colla più scrupolosa verità. Ebbi inoltre somma avvertenza di usare uno stile tranquillo e semplice, acciocchè appunto la verità apparisca nelle spontanee sue forme. Ma se ad onta delle mie cure, fossi qualche volta uscita in alcuno di quegli sfoghi, che partono da un cuore veramente patriottico, prego che vengano essi riguardati come fiori irrigati dalle lagrime, che la più tenera delle figlie sparge sulla tomba della miglior fra le madri, da lei veduta fatalmente spirare.

Festa per la Fondazione

DELLA CITTÀ DI VENEZIA.

Non sono d'accordo fra loro intorno all'epoca della fondazione della città di Venezia, e quindi nè meno intorno a quella della festa instituita per celebrarla, li nostri Cronisti medesimi. In tale incertezza, mancandoci documenti sicuri, non ci resta che la lusinga di accostarci al vero, col percorrere la Storia de' primi secoli di quest'Isolani. E se ad onta di ciò non verremo a scorgere che simil festa sia veramente stata la prima instituita in queste lagune, una tale indagine almeno varrà a farci conoscere la nascita di una repubblica, che occupò lo spirito di tanti scrittori, e diede argomento ora ad elogi esagerati, ed ora a critiche eccessive ed ingiuste. Ma poichè il cominciamento della Repubblica di Venezia è intimamente legato colla Storia di tutta l'Italia, e lo fu durante il periodo di più secoli, converrà che mi sieno spesso perdonati alcuni deviamenti dall'oggetto principale.

Non havvi, quasi direi, nazione la di cui origine involta non sia fra i prestigi della favola, e fra i vaneggiamenti del nazionale orgoglio e della superstizione, e quindi non offra nella sua Storia contraddizioni, incertezze, dubbi ed errori. Se si volesse porgere credenza a certe tradizioni particolari, noi troveremmo ogni popolo discendere gloriosamente da Eroi, da Semidei; ma l'osservazione e gli accurati esami ci provano, che questi Eroi e Semidei non furono per la maggior parte, che capi di masnade e di nazioni ingorde e feroci, le quali scagliandosi sopra altre nazioni men forti, portarono la desolazione e la rovina per signoreggiare in loro luogo. La sola Repubblica di Venezia nacque legittima, crebbe onorata. Non ardor di conquiste, non sete di gloria, non avidità di bottino, ma orror della tirannide, amor della libertà, bisogno della propria sicurezza furono gli elementi della sua creazione. In que' tre secoli, creduti prima d'ora il periodo di tempo più infelice pel genere umano, ne' quali barbari conquistatori piombarono sulla bella Italia per disputarsi fra loro le parti disunite del vasto corpo dell'impero Romano, e per immergere queste floride contrade in tutti gli orrori della barbarie e della crudeltà, in que' secoli fu, che una fratellevole famiglia, riparatasi ne' paludosi stagni, che giacciono all'estremità del golfo Adriatico, ricevette il suo incremento, e divenne poscia una celebre Repubblica.

Allorquando Alarico re de' Visigoti, dopo le sue conquiste sulla Grecia, si presentò l'anno 402 alle alpi Giulie, e la fama, come dice Claudiano, battendo con terrore le sue ali, proclamò la marcia dell'armata barbara, ed empì di costernazione tutta l'Italia, ciascun abitatore assalito da uno spavento proporzionato alla sua fortuna, non pensò ad altro, che a prender la fuga, trasportando seco il bello e il buono di quanto possedeva. Fu grande il numero di quelli che s'imbarcarono, e che giunsero in queste lagune, le quali già abitate trovarono. Non accade ora di esaminare se quest'Isolani venissero da Veneti Armorici delle Gallie, o da Veneti Paflagonii dell'Asia, o da Veneti Sarmati del Baltico, o, come ad altri piace, da Senatorie famiglie di Roma. Qual che si fosse la loro origine, egli è certo ch'erano uomini pacifici e laboriosi, che con somma industria avevano saputo costituire sulle acque le loro case, e le loro saline. Le seconde lor case erano le barche, e con esse facevano il traffico del sale, al qual fine tenevano cantieri ed arsenali. Qui non regnava distinzione di grado, ma viveva ognuno pressochè ad uno stesso livello; qui non l'apparato formidabile delle leggi, ma i saggi principii servivano a ciascuno di norma; qui non sacrileghi giuramenti insultavano il Vangelo, ma la sola parola era per tutti un vincolo sacro; qui non la minacciosa spada della giustizia, ma l'incorrotta fede, e la stima de' proprii concittadini avevano bastevole forza per porre un freno alle passioni. Educavansi i giovani coll'indurarli al travaglio, coll'esporli ai pericoli, coll'esercitarli per tempo nella pesca, nella caccia, nel nuoto, nella navigazione, ed in tutto ciò che vale a rendere l'animo intrepido, e valido il corpo. D'altra parte la virtù e la semplicità erano i maggiori pregi delle fanciulle, nelle quali il cambiar dell'età riconoscevasi per lo sviluppo delle membra e non per quella de' desiderii. Le loro giornaliere occupazioni erano le faccende domestiche, di cui facevano parte colle vigilanti lor madri, che in tal modo addestravanle a procacciarsi quella dote, ch'elleno medesime recata aveano ai lor mariti, cioè un cuor puro in corpo sano, mani operose e industri, ed una scrupolosa esattezza nell'adempiere i doveri del loro stato. I vecchi intenti sempre alla prosperità de' loro simili, non esigevano che rispetto, e rispetto ottenevano. Tutti finalmente questi fortunati Isolani vivevano tra loro legati in dolcissima comunanza, unanimi essendo i loro sentimenti, ed uniformi ai voti della natura.

I nuovi ospiti furono soddisfattissimi del grazioso accoglimento, che ricevettero da quegli abitanti nel seno di una felice mediocrità. E lo furono ancora più, quando appresero da' nuovi rifuggiti qui giunti, che se il valore di Stilicone generale de' Romani avea costretto Alarico, giunto alle porte di Roma, a ritirarsi sino alle Alpi Rezie, un turbine ancor più tremendo era scoppiato in Italia. Radagasio avea passato le Alpi, il Po, e gli Appennini co' suoi Visigoti, ch'erano i Goti vagabondi, e con i Gepidi; e senza trovar opposizione alcuna, avea già preso molte città, che furono tosto saccheggiate, e distrutte. All'avvicinarsi di que' barbari a Roma, il Senato, ed il popolo tutto furono compresi da tale spavento, che i più presero la fuga, e molti vennero ad accrescere la popolazione delle nostre lagune. Ma Radagasio, quell'orgoglioso monarca di tanti popoli guerrieri, dopo la perdita di quasi tutta la sua armata, cadde vittima del valore di Stilicone, che per la seconda volta, cioè nell'anno 405, meritò il nome di Liberatore dell'Italia. Egli non pertanto questo liberator valoroso cadde vittima anch'esso, non del valore altrui, ma dell'invidia e della gelosia, passioni che regnano sempre nelle monarchie. Da quel momento le truppe ausiliarie del debole ed imbecille imperatore di Costantinopoli, vo' dire Onorio, oltraggiate dall'ingiustizia crudele di aver messo a morte il loro generale, ad altro non aspirarono che alla vendetta. Gettarono gli occhi su quel medesimo Alarico, il quale non aspettava che l'occasione favorevole per ricalcare le prime sue orme. Rinforzato in tal modo, passò le Alpi, il Po, saccheggiò le città di Aquileja, di Altino, di Concordia, ed altre; poscia continuò le sue stragi sulle coste del mar Adriatico. Felici, mille volte felici, quelli che poterono scampare da tanti orrori, e ricovrandosi in queste pacifiche lagune, godervi di una vera sociale felicità! Alarico proseguì la sua marcia, e spiegò le sue tende sotto le mura di Roma. Una cospirazione segreta fece aprirgli di notte le porte della città, e gl'infelici abitanti si risvegliarono allo squillo spaventevole delle trombe de' Goti. L'anno 410, o sia il mille cento e sessantatrè dopo la fondazione di Roma, quest'imperiale città, che avea sottommesso, e civilizzato la maggior parte della terra, venne abbandonata al furore degli Sciti de' Goti e de' Germani. Non potrebbesi annoverare la quantità di quelli, che da uno stato comodo, ed onorato furono ridotti in un istante all'orrenda situazione di schiavi, e di profughi. Tante calamità fecero cercare agli abitanti di Roma gli asili i più sicuri, e i più rimoti: i nostri tranquilli Isolani quindi si accrebbero.

Alarico, dopo un breve soggiorno a Roma, postosi alla testa delle sue armate cariche di ricche e pesanti spoglie, si avanzò verso le provincie meridionali dell'Italia, e vagheggiando la Sicilia, non la riguardava però che come un primo passo a confronto della spedizione importantissima dell'Africa, ch'egli già meditava; ma la sua prematura morte, accaduta in seguito di una breve malattia, troncò tutti i vasti disegni di conquiste. Allora i barbari d'una voce unanime collocarono il bravo Adolfo sul trono del cognato Alarico. Adolfo conoscendo il costoro carattere indocile, fiero ed incapace di assoggettarsi a quelle leggi, senza le quali non vi può essere un solido e civil Governo, rivolse tutta la sua gloria e ambizione a difendere l'impero romano, e a conservare la sua proprietà. Dietro queste pacifiche mire, il nuovo re de' Goti concluse un trattato di alleanza colla corte di Oriente; poscia diresse la sua marcia verso la Spagna, e in tal modo l'Italia si vide l'anno 414 liberata da' Goti e dagli altri barbari.

Non sì tosto il Continente si ripose in calma, che i nuovi rifuggiti dimentichi del passato, e poco previdenti dell'avvenire, non sentendo che il desiderio di rivedere le loro native contrade, risolsero di subito ritornarvi. Tale infatti si fu la folla delle persone restituite ai loro focolari, che il prefetto di Roma, parlando della sua sola città, annunziò alla corte l'arrivo in un sol giorno di quattordicimila emigrati. Non è dunque a quest'epoca che debbasi fissare l'institzione della nostra festa, poiché quantunque la popolazione si fosse accresciuta in tutte queste emigrazioni, pure essa non era tanto numerosa quanto conviensi a città. Ma si accrebbe assai più nell'anno 452, all'arrivo degli Unni in Italia, popolo uscito dal fondo della Scizia, che guidato da Attila stampò orme di sangue ovunque i passi rivolse. Questo nuovo conquistatore superava tutti i suoi compatriotti sì nel coraggio che nella destrezza. Sapeva alternativamente impiegare l'influenza della speranza e del timore, dell'ambizione e dell'interesse per giungere ai suoi fini. Adoperò perfino le superstizioni religiose, adattate allo spirito del suo secolo e della sua nazione. Questo artificioso re accettò come un dono celeste un'antica spada, che un contadino, trovata fra l'erba, osò offrirgli. Attila giudicandosi allora legittimo possessore della spada di Marte, reclamò i suoi diritti divini e incontrastabili. Da quel momento questo favorito del Dio della guerra acquistò un carattere sacro, ed i suoi cortigiani sia per divozione, o piuttosto per adulazione, solevano dire, che i loro occhi non potevano sostenere lo splendore maestoso del re degli Unni. Un monarca più incivilito, cioè Augusto stesso, compiacevasi che si credesse esservi nel suo volto un non so che di divino, e gioiva quando alcuno nel guardarlo fiso era costretto di abbassare gli occhi, come se offeso fosse dai raggi del sole. E a' giorni nostri non abbiamo noi forse veduto un uomo straordinario, il quale divenuto sovrano di una grande nazione, amava di porre in angustia le persone più illuminate e meglio accreditate, confondendo il loro spirito con quistioni disparate e le più opposte ai loro studi e alle loro occupazioni? V'è luogo a credere, ch'egli agisse in questa maniera per indurre la gente a persuadersi, che fossevi qualche cosa in lui di soprannaturale, atta ad abbagliar le altrui menti. In fine Attila valicò le Alpi, e venne a porre l'assedio ad Aquileja, che era la sola barriera che ritardava la conquista dell'Italia, e ben presto egli la ridusse a tale, che i posteri giunsero a discernere appena le sue rovine. Dopo ciò Attila continuò la sua marcia. Altino, Padova, Concordia, che si trovavano sulla via, non presentarono poscia che un ammasso di pietre e di cenere. Portò egli in oltre le sue stragi nelle fertili pianure della Lombardia. Che più? Eccettuatene le nostre lagune, tutto il resto dell'Italia era per divenire un deserto, se il Senato ed il popolo romano non avessero risoluto, come per celeste inspirazione, d'inviare ad Attila alcuni oratori, e con essi quel Leone pastore santissimo di Roma, il quale espose la propria vita per salvar le sue pecore. Essi trovarono Attila accampato dove il lento e tortuoso Mincio esce dal grembo del gran padre Benaco, e la cavalleria Scitica calpestava impunemente i sacri poderi di Catullo e di Virgilio. Ivi si fu dove Attila ricevette gli oratori Romani entro la tenda, e gli ascoltò con sorprendente rispetto. La divina facondia di Leone, il maestoso portamento, e que' suoi abiti sacerdotali inspirarono nel barbaro re, ch'erasi meritato il soprannome di Flagello di Dio, un sentimento tale di venerazione per l'augusto Pontefice, che la liberazione d'Italia fu sul fatto decisa.

Un avvenimento sì grande poteva giustamente meritare l'intervento del cielo, che facesse discendere li due apostoli Pietro e Paolo a minacciare questo terribile conquistatore d'una morte subitanea, se rigettato avesse le preghiere del loro successore. E appunto sotto queste forme venne rappresentata una tale discesa dal pennello dell'Urbinate, dallo scalpello dell'Algardi, e dalle penne di più scrittori di cose ecclesiastiche. Nondimeno prima di lasciar l'Italia minacciò ancora una volta d'invadere Roma, e di ritornarvi in una maniera ancor più terribile dell'altra. Per buona fortuna la morte il colse, e nell'anno 453 vide l'Italia dissipato l'impero degli Unni.

Pure non potè essa rimettersi per anco dalle sue perdite, che anzi un'improvvisa irruzione di nuovi barbari aggravò viemmaggiormente i suoi guai, ed in particolare quelli di Roma. Il terribile Genserico re de' Vandali alla testa di uomini selvaggi e crudeli, dopo di avere, per dir così, in un istante conquistato le sette fertili provincie che si estendono dal Tanger sino a Tripoli, e messa a guasto l'Africa, meditò un genere di guerra che dovesse aprirgli l'entrata in tutte le contrade marittime. I suoi nuovi sudditi, cioè i Mori e gli Africani, erano generalmente istrutti sì nell'arte della naval costruzione, che in quella della navigazione; e perciò Genserico operò in modo, che dopo un intervallo di sei secoli, le flotte uscite dal porto di Cartagine signoreggiarono di nuovo sul Mediterraneo. Dopo la conquista della Sicilia, il sacco di Palermo, e le reiterate discese sulle coste della Lucania, fece egli gettar le ancora all'imboccatura del Tevere, e seguito da' feroci suoi popoli, marciò audacemente verso le porte di Roma. Entrò furioso in quella costernata città, e la fece divenire sua preda. Il saccheggio durò per quattordici giorni; dopo di che Genserico fece trasportare sopra i suoi vascelli tutto ciò che restava delle ricchezze pubbliche e private, dei tesori della chiesa, e di quelli dello Stato. Ciò offerse un nuovo memorabile esempio delle vicissitudini delle cose umane; poichè si videro le spoglie dell'antica Cartagine ritornar da Roma nella vendicata sua patria.

La successione di tanti tiranni discesi in Italia accrebbe sempre più la popolazione delle nostre lagune. Il numero de' rifuggiti erasi aumentato di molto, senza che per anco si avesse pensato a legge alcuna, nè dato magistrati che invigilar dovessero alla pubblica sicurezza. Fu dunque risoluto, per provvedere alla durata della vera felicità che qui godevasi, di abbracciare una costituzione adatta ai bisogni dello Stato. Si volle dapprima, che ciascuna isola avesse un tribuno particolare, che amministrar dovesse la giustizia, correggere le trasgressioni, e decidere le differenze che potrebbero insorgere fra gli antichi e i nuovi abitanti. Questi tribuni esser dovevano scelti dai suffragi di tutti gl'isolani. Le loro funzioni duravano un anno, e dovevano essi render conto della loro condotta e della loro amministrazione all'Assemblea Nazionale, la quale raccoglievasi ora in un'isola, ora in un'altra, perchè non vi fosse luogo a rivalità. Per tal modo tutte le isole si trovarono regolate da una costituzione libera, nè vi fu d'uopo, per farla accettare, di occultare il rigore sotto la maschera della ragione, nè di fingere misteriose comunicazioni con Enti sovrumani, siccome fatto aveano Solone, Licurgo, e Numa. Qui essendo probo ogni uomo, sentiva già nel proprio cuore la forza della legislazione, e già si rallegrava del concerto armonico, che risultar dovea dai costumi uniti alle leggi. Avvezzi ad obbedir come figli, ben presto impararono ad obbedire come cittadini: avvezzi a comandar come padri, ben presto appresero a comandare come magistrati. La vita privata era una continua lezione della vita pubblica, ed il più illustre cittadino era quello che segnalavasi per le sue virtù; e qui pure, del pari che in Grecia, il figlio di Polimnio, il celebre Epaminonda sarebbe stato più ammirato per la sua tenera pietà filiale, che per la gloria acquistata a Leuttra ed a Mantinea. Sotto una tal'egida fiorì l'attiva ed utile industria, e si propagò l'avventurosa popolazione. Quindi i sommi progressi nel commercio e nella navigazione, come pure nelle scienze e nelle arti. Tuttavia non potrebbesi riferire nemmeno a questo tempo, che fu l'anno 455, l'epoca della festa per la Fondazione di Venezia, poichè non potevasi certamente dare per anco il nome di città ad un ammasso d'isole separate, e distinte fra loro con nomi diversi, e non aventi ancora un centro fisso.

Ma nuove calamità ripullulate sul Continente tornarono a vantaggio de' nostri isolani. Questa infelice Italia per necessaria conseguenza delle sofferte sciagure era a tale stato di miseria e di desolazione ridotta, che non vi avea più con che pagare le truppe, e le terre medesime restavano incolte. Da ciò nacque che i barbari quivi assoldati vennero alla risoluzione di prendersi in loro proprietà le terre per coltivarle, e trarne profitto. Vollero però farne la inchiesta formalmente ad Oreste, che regnava in Italia in nome di Augustolo. Oreste rigettò la dimanda, e questo rifiuto favorì l'ambizione di Odoacre, generale degli Eruli, il quale attrasse sotto i suoi stendardi tutti i malcontenti, fece proditoriamente uccidere Oreste, e costrinse Augustolo a rinunziare all'impero, segnando di sua mano la propria disgrazia. Nè pago di ciò ancora volle che Augustolo significasse al Senato la sua risoluzione, come se spontanea fosse, e che il Senato medesimamente dirigesse all'imperator Zenone una lettera in nome della Repubblica, per rappresentargli l'inutilità di un sovrano in Italia, e per dichiarare che un solo monarca era sufficiente per riempire della sua maestà l'Oriente e l'Occidente. Gli fu forza in oltre di aggiungere, che le virtù civili e militari di Odoacre meritando la pubblica confidenza, egli supplicava l'imperatore di accordar ad esso il titolo di patrizio, e di governatore d'Italia. In tal modo Odoacre, quantunque senza nome di re, fu il primo principe barbaro che nell'anno 476 regnò sopra un popolo, innanzi al quale erasi sottomesso l'universo tutto. La caduta dell'impero Romano eccita ancora una rispettosa compassione, e ci sentiamo portati a rivolgere tutto il nostro sdegno contro Odoacre, per aver egli voluto aggiungere l'insulto alla schiavitù, giuoco facendosi, ed abusando del sacro nome della Repubblica.

Dopo un regno di quattordici anni, Odoacre fu costretto di cedere alla superiorità di Teodorico re degli Ostrogoti, eroe che veramente possedeva tutti i talenti militari, e tutte le virtù di un legislatore. Dopo di aver distrutto gli Eruli, e conquistata l'Italia, venne proclamato re, coll'assenso, benchè tardo e involontario, dell'imperatore d'Oriente. Teodorico ci offerse il raro e virtuoso esempio di un principe, che seppe rinunziare alle imprese guerriere in mezzo all'orgoglio della vittoria, e nel vigor dell'età. Un regno di trentacinque anni fu consacrato interamente all'esercizio della giustizia, e dell'umanità, allo studio del ben essere di tutti i suoi sudditi, e persino alla conservazione ed all'aumento delle belle arti. L'Italia tutta respirò in questo tempo, ed i Veneti incominciarono ad estendere il loro commercio, sostenendolo valorosamente coll'armi. In queste si mostrarono sin d'allora sì forti, che quando Giustiniano imperator d'Oriente s'accinse alla conquista dell'Italia, il di lui generale Narsete successor di Belisario, venne per soccorsi in queste lagune. E tali infatti gli ebbe, che a ragione si può dire, aver i Veneti grandemente contribuito alla disfatta di Totila, insigne generale de' Goti. Conquiso costui, e riacquistata l'Italia, Narsete la riunì al Greco impero da cui era stata separata pel corso di settant'un anni. D'indi in poi quel terribile Senato instituito da Romolo, quello che durò tredici secoli, e vide i re della terra venire quali schiavi o liberti di Roma, implorare di essere ascoltati, fu dal Greco vincitore per sempre annientato. Instituì egli gli Esarchi di Ravenna, che furono i rappresentanti dell'imperatore sì in pace che in guerra. Ma quantunque egli avesse tolto all'Italia il suo più bel lustro, procurò nondimeno di richiamarvi la prosperità interna, e di riaccender la fiaccola delle scienze e delle arti. L'ignoranza era divenuta generale, poichè non è già in mezzo al frastuono guerriero e alle stragi, che l'uomo possa con animo sereno abbandonarsi ai pacifici studi. Oltre di che i barbari, come sono generalmente tutti i conquistatori, non avevano tenuto in fiore, che l'esercizio delle armi. Tutta l'Italia, eccettuate le nostre isole, era divenuta mezzo barbara ella stessa, miserabile e spopolata. Alcuni scrittori pretendono, che in que' cento cinquantasette anni di guerre continue essa tanta gente perdesse, quanta ne contava alla metà del diciottesimo secolo: il che vuol dire un numero assai maggiore di quello, che computar potrebbesi oggidì, attese le replicate sciagure che distruggono la sua popolazione.

A simiglianza di Belisario venne anche Narsete dimesso dal comando. Ma costui mal sofferendo un tale scorno, sfogò la sua vendetta col far piombare sull'incolpevole Italia un torrente di nuovi barbari, col toglierla per sempre ai suoi antichi possessori, e col gettarla tra le sanguinose zanne de' Longobardi. Giammai la felice Colonia delle nostre lagune non ebbe maggior ragione di attirare a sè nuovi fuggitivi; giacchè alla nativa ferocia que' barbari aggiunsero, un inaudito disordine di amministrazione, e per dirla in breve, una tirannide ridotta a sistema. I magistrati e i ministri, comechè disuguali nel grado, erano eguali nell'immunità e nell'ingordigia. I soli Gabellieri la facevano da veri padroni dell'impero. Virtù e pudore erano nomi ignoti per essi; imposte legittime sfacciatamente chiamavano le sanguinose estorsioni a danno de' popoli. Nè soltanto i ricchi ed i nobili erano preda de' loro rapaci artigli, ma non ne sfuggivano nemmeno i poveri, mentre qualunque volta non potevano essi pagare i tributi, vedevansi que' cannibali strappare di dosso agli uomini il saio, e alle femmine le loro sdruscite gonnelle: tutto in fine era calamità ed orrore. Ma quadro ben diverso offrivano le nostre lagune, che si popolavano e arricchivano incessantemente mercè le generali sciagure. Siccome però bene al mondo non v'ha che duri stabile e fermo, così, è pur forza confessarlo, questa nascente floridezza venne contaminata da quel miasma venefico, che per la troppo libera comunicazione con esterne nazioni incominciò a serpeggiare tra nostri indigeni, e giunse ad attoscare la comune felicità. La ferocia de' barbari, l'instabilità de' Greci, l'umore irrequieto e turbolento de' vicini Longobardi a poco a poco si erano insinuati nel costume de' Veneti isolani. Aggiungasi, che la popolazione, almen per due terzi, era già fatta marittima, e che il viver sul mare, se per l'una parte assai contribuisce a rendere forte e robusto il fisico, genera per l'altra una certa fierezza, irritabilità, durezza d'animo. Quel navigare e viaggiare sempre in mezzo ai pericoli; quel dover combattere talor colla terra, spesso col vento, sempre coll'acque, e talvolta cogli uomini insieme; quel passar di continuo dal sol cocente al gelo intenso, dalla pioggia al vento; quello starsene sempre in moto; quelle faticose veglie; quella sete rabbiosa; quel poter ad ogni momento perder la vita o per improvvisa burrasca, o per fortuito incendio, o per lungo disagio; quel rimaner mesi e mesi in un vasto acquoso deserto senza relazioni, senza commercio col rimanente degli uomini e della natura, sono tante ragioni, che raffreddano la sensibilità, e indurano il cuore: ond'è, che venne alterata l'indole primitiva de' nostri buoni isolani. Al cader del settimo secolo, i Tribuni suscitarono nelle isole turbolenze e partiti, gare di preminenza e di nobiltà, che giunsero a minacciar la popolazione intera degli orrori dell'anarchia, mentre i Longobardi dalla parte del continente, e gli Slavi dalla parte del mare preparavano già le catene della schiavitù, se non si veniva ad un pronto e necessario rimedio. Fu dunque conosciuta la necessità di una riforma nella Costituzione, che unendo sempre più gli uomini fra loro, e gl'interessi scambievoli, fosse un sicuro riparo alla pubblica sicurezza, una barriera inespugnabile contro i nemici. Quindi fu preso di convocare in Eraclea un'Assemblea Nazionale, dove coll'intervento del patriarca di Grado, e de' Vescovi ponderare si dovessero le morali cause de' mali, maturare i consigli, ed approntarne il rimedio. Si venne alla creazione di una autorità superiore ai Tribuni, non però regale, nè ereditaria: autorità, che andasse perfettamente d'accordo coll'Assemblea Generale, e venisse fregiata del modesto titolo di Duce, o Doge, qual convenivasi al capo di una Repubblica, non già ad un assoluto sovrano. Il primo ad essere insignito di questa dignità fu l'ottimo fra i cittadini: chiamavasi egli Paoluccio Anafesto, il quale essendo di Eraclea, piantò ivi la Ducal Sede nell'anno 967. E siccome Eraclea era lontana dalle nostre lagune, cosi non v'è luogo a credere, che neppur questa sia l'epoca, in cui venne stabilita la Festa, che celebravasi nel nostro Estuario.

La Nazione non ebbe certo a pentirsi di avere scelto Anafesto per suo capo, poichè egli nulla neglesse per la felicità, e sicurezza di tutti gl'isolani. Alla sua morte trovandosi lo Stato prospero e felice, risolsero tutti di conservare la medesima forma di Governo. Procedettero dunque all'elezione del nuovo Doge, il quale non fu meno avventuroso del primo, ed essendo egli pure di Eraclea, conservò quivi il suo seggio. Ma il terzo Doge, ch'era anch'esso di Eraclea, sia ch'egli avesse irritato il popolo colla sua arroganza, sia che lo avesse ingelosito coll'abuso del potere, restò vittima del furor cittadino, assassinato nel palazzo ducale. Nè di ciò pago abbastanza il popolo, chiaramente espresse, ch'egli non voleva più soffrire un capo permanente della Repubblica, poichè il tempo della sua durata era troppo lungo; ch'era egualmente pericoloso d'assoggettare la sorte comune all'arbitrio di un solo; e ch'era cosa odiosa per le altre isole, che la sola Eraclea dovesse essere il seggio ducale, mentre le altre pure alla lor volta dovevano essere onorate del seggio del principato. Si convenne dunque di stabilir subito nell'Isola di Malamocco la nuova sede del Governo, e si sostituì al Doge un annuo Magistrato, detto Maestro della Milizia, cercando allontanare con tale denominazione l'idea de' Tribuni a cagione de' torbidi passati, e quella del Doge per le sciagure presenti. Ma non per ciò furono più tranquilli. Molte sommosse si suscitarono nelle isole, le quali finirono col privare il quinto Comandante della luce degli occhi: tanto era viva l'indignazione verso di lui, e veemente il desiderio di cangiare l'attuale Governo. Mormoravasi altamente, e dicevasi, che questa nuova dignità sia pel corto tempo della sua durata, sia per la sua debole riputazione, non era sufficiente a moderare la licenza di una nazione divenuta numerosissima, nè per impedire le turbolenze troppo frequenti, che non erano mai accadute, durante il Governo de' Dogi. Tutti in fine concorsero nell'opinione, che per la tranquillità, per la sicurezza comune conveniva rimettere un Governo che non fosse soggetto ad incomodi cangiamenti, o ad avvenimenti scandalosi. Si ritornò dunque all'elezione de' Dogi, e fissossi la loro residenza nell'isola di Malamocco. Ma quantunque si fosse deciso di non cangiare mai più questa forma di Governo, pure il quarto, il quinto, il sesto Doge furono condannati a quel supplicio medesimo, a cui sottostar dovette l'ultimo Maestro della Milizia: supplicio ancor più spaventevole della morte, e che sembra separar l'uomo dalla natura. Quanti soggetti di riflessione! Quanto mai è difficile ad un popolo geloso custode della sua libertà, de' suoi diritti, il fissare la propria costituzione! Il settimo Doge o più saggio, o più fortunato de' suoi predecessori ristabilì la pace e la tranquillità fra gl'isolani. Fu nella sua Ducea che l'Italia ebbe di nuovo a cangiar di faccia. Avendo Desiderio re de' Longobardi usurpato gran parte de' dominii, che Pipino re di Francia donato aveva al Papa, questi reclamò le proprie ragioni presso il successor del suo benefattore, vo' dir Carlomagno che regnava allora in Francia. Carlo, che già vagheggiava l'Italia, credette essere giunto il momento opportuno per la sua impresa, e sotto pretesto di sostenere i diritti della Chiesa Romana, discese con una formidabile armata. Desiderio colpito tutto ad un punto di panico timore corse a rifuggirsi in Pavia, città che oltre all'essere fortificatissima, poteva anco per la via del fiume ricevere vitto e rinforzi. Carlo spedì Oratori ai Veneziani per farli concorrere alla buona riuscita della sua impresa; ed essi approntarono tosto una flotta, mercè la quale, impedendo ogni nuovo soccorso, costrinsero Desiderio a cedere Pavia, e con essa l'impero, e a rimettersi alla discrezione del vincitore.

In questo modo finì il regno de' Longobardi i quali dominato aveano tirannicamente per lo spazio di due secoli, ed avrebbero signoreggiato ancora più, se divorati dalla sete di più ampii dominii, sete che guida sempre alla rovina dell'usurpatore, non avessero offerto il destro ad un principe potente di venire alla difesa degli spogliati ed oppressi, senza però che questi migliorassero la loro sorte. Di fatto Carlo non alterò menomamente il sistema del Governo, e tutto continuò, come se un nuovo re Longobardo fosse montato sul trono d'Italia. Egli poi se ne partì per andar a cogliere altrove novelli allori. Ma vi ritornò ben presto, e venne proclamato e coronato a Roma Imperator d'Occidente. Si convenne colla corte di Costantinopoli di riconoscere i due Imperi d'Oriente e d'Occidente. I Veneziani non neglessero in tale occasione i loro affari. Trattarono con ambidue gl'Imperatori per i limiti del lor territorio. Carlomagno ratificò que' medesimi già convenuti con Luitprando re de' Longobardi. Fu in oltre stabilito, che i Veneziani resterebbero sempre indipendenti sì dell'uno che dell'altro impero, come anticamente lo furono i Saguntini dietro una convenzione fra Cartaginesi e Romani.

Ma tutto che recente fosse l'esempio della fine di Desiderio, Pipino, figlio di Carlomagno già creato re d'Italia, non potè moderare la brama ardente che in se nutriva di aggiungere al suo dominio le isole Venete, le quali ognor più fiorivano. Cercò dunque un pretesto per muover loro la guerra, credendosi aver in pugno la vittoria. Essendo accaduto qualche disparere fra lui e l'Imperator di Constantinopoli, chiese ai Veneziani la loro alleanza, benchè fosse certo che non potevano accordarla a cagione de' vantaggi assai maggiori ch'essi traevano dall'Oriente. Di fatto i nostri isolani deliberarono nella loro Assemblea generale di spedire oratori a Pipino, adducendo per ragione del lor rifiuto, che la fedeltà ch'essi dovevano osservare ai loro antichi impegni, non permetteva di fare in quest'occasione ciò che avrebbero desiderato per potergli testimoniare quel sentimento di rispetto, di cui erano penetrati per la di lui regale persona. Essi avevano un bel che dire; un re potente non si acqueta per ragioni. Pipino in sul fatto pensò di vendicarsi altamente, e giurò la loro perdita. Essi tosto seppero, ch'egli radunava a Ravenna un gran numero di truppe, ed una flotta di vascelli, di barche e di zattere per esterminarli. Tal nuova ben lungi dal far che si umiliassero, non gli sospinse ad altro, che ad allestire una flotta, la maggiore che poterono, ed a fornirla d'intrepidi cittadini. Spedirono tuttavia onori a Carlomagno, pregandolo della continuazione della sua amicizia, e con destrezza gli richiamarono in mente quanto avevano operato per la di lui gloria sotto Pavia, e assicurandolo del vivo lor desiderio di potere con prove maggiori concorrere alla grandezza del suo impero. Carlo ascoltò i Legati con affabilità, e poscia congedandoli inspirò loro dolci lusinghe di poter egli cangiare l'animo del figlio riguardo ad essi. L'effetto però mal corrispose all'aspettazione. Pipino continuò i suoi preparativi di guerra. Riunì a Ravenna il nerbo delle sue truppe; raccolse vicino alla città navi di ogni genere, e delle zattere per li canali di basso fondo; tutto in fine approntò onde cominciare le ostilità. In vano gli fu fatto osservare la difficoltà della sua impresa a causa delle situazioni ignote a tutti, fuorchè ai soli abitanti delle Lagune. Pipino credeva di poter tutto ottenere dal valore delle sue truppe, e dall'avvilimento in cui caderebbero i nemici al di lui avvicinarsi. Ma avvenne tutto il contrario. Allorchè i nostri si videro esposti al furore di un re possente, che non lasciava altro partito da prendere, che la vittoria o la morte, si prepararono ad una risoluta difesa. Affondarono grosse barche ripiene di sassi per impedire l'entrata nelle lagune dove il tragitto è più facile; poscia attraversarono tutti i canali con palafitte bene strette, e tolsero tutt'i segnali che servono di scorta in quel uniforme cammino. Ma già i Franchi s'impadroniscono di Brondolo; il castello stesso si arrende. Poco appresso cedono e Chioggia, e Palestrina, e Albiola, separata da Malamocco solamente per un piccolissimo canale. I Veneziani per questo non si scoraggiano, anzi ognor più si animano ad opporre forza a forza. Abbandonano l'isola di Malamocco, sede allora Ducale, per essere troppo difficile a difendersi, e vengono ad unirsi nell'isola di Rialto, fermamente risoluti di perir tutti piuttosto che vedervi penetrare il nemico.

Dispongono con intelligenza le loro forze, formano una barriera di vascelli all'isola, e deliberano di attendere il nemico, non di provocarlo. Giunge il giorno destinato dai Franchi all'attacco. Si slanciano con tutto l'impeto proprio del loro carattere sopra gl'isolani. Nondimeno i nostri vascelli grossi si conservano fermi in ordinanza, mentre i più leggieri corseggiano, assalgono, si ritirano, e tengono per tal modo a bada la flotta nemica. Frattanto le acque cominciano il loro periodico decrescimento, e si scaricano velocemente in mare. I vascelli Franchi non vengono più regolati; gli uni sono ritenuti nei bassi fondi, e gli altri danno in secco senza potersene trar fuori. Allora il Comandante Veneziano dà il segnale; tutti in un istante si gettano sopra i Franchi, che separati fra loro ad altro non pensano che a salvarsi. I soldati non ascoltano più la voce del loro Generale; questi non ha più direzione; le grida de' vinti aumentano l'ardire de' vincitori; tutto è morte e carnificina; il sangue Franco tinge le acque del Canal Maggiore, ed il terribile figlio di Carlomagno è costretto a cangiar l'arroganza in paura, ed è un prodigio se può salvare la vita, fuggendo vergognosamente a Ravenna. Il canale divenuto sepoltura di tanti guerrieri acquistò il nome di Canal Orfano, che tuttavia gli rimane.

Il finto Pipino non solo depose ogni pensiero di violar più la Veneta libertà, ma bramò di venir egli stesso ad ammirarla, ed a trattare di pace. La proposizione venne aggradita ed accettata. I Veneziani andarono ad incontrarlo con molti navigli a Malamocco. Era egli vestito in tutta la sua regale magnificenza, tenendo in mano lo scettro d'oro. Ascese egli il maggior legno, e rivolto al popolo accorsovi per curiosità, gettò in mare lo scettro, dicendo altamente queste notabili parole: «Siccome ho gettato in mare il mio scettro, che mai più non apparirà di sopra, così non sia mai più ch'io abbia intenzione di far offesa a questo Comune. E siccome solo sopra di me (che senza causa e senza alcuna giusta ragione sono venuto ad offenderlo) è discesa l'ira di Dio, così possa essa sempre discendere sopra tutti coloro, che ingiustamente ne' secoli futuri venissero ad offenderlo.»

Recossi indi a Rialto fra le acclamazioni del popolo. La pace assicurò ben tosto la libertà e l'indipendenza degl'isolani, che da questo trattato colsero ben anche vantaggi grandissimi pel loro traffico nazionale. Fu da quel momento, che il nostro Estuario non si riguardò più come una raccolta d'isolette disgiunte fra loro, ma come una Repubblica unita ed una vera città, che fu denominata Venezia. Si stabilì per sempre in Rialto la sede Ducale, e si raffermò il Governo con gelose discipline e con ottime provvidenze.

Ecco l'epoca in cui possiamo veramente credere nata la Festa che si rinnovellò ogni anno in commemorazione della Fondazione della città di Venezia. Oltre le ragioni addotte sin qui havvene pur anco un'altra, ed è, che nella sala dell'attuale Biblioteca, ove si vedono ancora i ritratti de' Dogi, essi non cominciano da quel di Anafesto, ma da quel di Obelerio, sotto la cui Ducea fu trasportata in Rialto la sede del Governo all'occasione di Pipino. Non si fu dunque che a questo momento, che le nostre isole acquistarono il nome di città, e che dopo la nostra vittoria si stabilì la festa della sua Fondazione. Celebravasi essa in marzo, il giorno dell'Annunziata, e ciò fu con accorgimento felice. È noto, che un tal mese fu venerato molto dagli Egizii, e da altre nazioni, poichè in esso la natura comincia a riacquistare le sue perdute bellezze, e ad ornarsi de' più vaghi colori. In marzo anche i Romani cominciavano l'anno, e da esso vollero altresì i Veneziani cominciarlo; ond'è che veggiamo le date delle nostre pubbliche scritture contrassegnate col More Veneto. Il dì dell'Annunziata dunque il Doge con gran pompa e accompagnato da tutto il suo regale corteggio usò sino al termine della Repubblica scendere alla chiesa di san Marco, ed assistere alla messa solenne, che cantavasi in rendimento di grazie all'Altissimo per i fausti natali d'una città sì portentosa, accompagnando il sagrificio con sensi di tenera riconoscenza, fra la gioia del popolo. V'ha ragione di credere, che una tal Festa fosse celebrata ne' suoi principii con più solenni spettacoli, avendo sempre i Veneziani frammischiato alle cerimonie della religione i giuochi civili, ed altre dimostrazioni che manifestassero la comune allegrezza. Ma il tempo a poco a poco questi usi distrusse, e fece perderne, come di tanti altri, ogni ricordo. Bensì in progresso si volle, che come la vittoria sopra Pipino era stata per ogni conto di grandissimo vantaggio alla Repubblica, così fossevi qualche monumento pubblico che la eternasse. Di fatto, malgrado i varii incendii accaduti nel palazzo ducale, vedesi ripetuta in varie sale di esso la rappresentazione in pittura di questa celebre battaglia navale, diversificata dagli Storici in quanto alle circostanze, ma non già in quanto agli effetti.

Dal detto sin qui riluce abbastanza, che Venezia fu sempre libera e indipendente, checchè ne dicano alcuni scrittori. Non havvi storia, nè autentico documento negli archivii da cui si possa dedurre il contrario; sicchè qualunque confronto che far vogliasi del popolo Veneto con altri popoli, diverrà per esso mai sempre un torto verace, ed una insopportabile macchia. Nè Atene, nè Sparta, nè Cartagine, nè Roma, benchè sedi d'illustri Repubbliche, non potranno vantare di essere nate libere come Venezia, nè che questa libertà sia stata giammai da estema forza turbata pel corso di ben quattordici secoli, durante i quali essa si fe' ammirare non meno per le sue provvide leggi che per la dolcezza de' suoi ben temperati abitanti.

Festa del giorno

DE' SANTI APOSTOLI.

Nell'anno 596 Totila alla testa dei suoi Ostrogoti lacerava, come vedemmo, quest'infelice Italia. Quel Narsete che Giustiniano aveva eletto in suo Generale per opporlo a sì terribile conquistatore, conducendo seco de' possenti rinforzi, traversò la Dalmazia, l'Istria e giunse dinanzi ad Aquileja. Per progredir nella marcia eranvi due vie da scegliere, l'una lungo il mare, l'altra fra terra per Treviso, Vicenza e Verona. Questa divenuta era difficilissima per l'accorgimento avuto da Totila d'impadronirsi di tutti i passaggi; l'altra era impraticabile a cagione dei fiumi e delle maremme, che rendevano quella costiera incomodissima al transito di un'armata. In tale perplessità Narsete ricorse ai Veneziani, e chiese loro de' vascelli pel trasporto delle sue truppe sino a Ravenna. Non durò fatica ad ottenerli. Essi si diedero ad apprestare colla maggiore celerità e legni, e armamenti, ed equipaggi, ed ogni maniera di soccorso, nulla avendo più a cuore che di veder annientato l'impero Ostrogoto. Frattanto Narsete volle scendere a Rialto per esaminar da vicino la singolare posizione di que' luoghi, la sorprendente industria e l'attività di quest'isolani, de' quali aveva udito tanto a parlare, e che vide in fatti colla più viva ammirazione.

Egli prima di lasciare le nostre lagune fè' voto, se riuscita gli fosse l'impresa, di erigere nella medesima isola di Rialto due Chiese, l'una in onore di San Teodoro, ch'era allora il santo protettore de' Veneziani, l'altra di San Geminiano, e di consecrare a sì pia opera le spoglie de' nemici, che sperava di vincere. L'esito fu compiutamente felice. L'armata di Totila venne messa in fuga dopo una grandissima strage, e Totila stesso fu nel numero degli estinti. Narsete fedele alla sua promessa intorno a Rialto, approvò il disegno offertogli da' Tribuni delle due Chiese votive, ne ordinò a sue spese l'erezione, ed i Veneziani così trassero un nuovo vantaggio da questa guerra, in cui avevano essi pure avuto sì gran parte.

Li due Templi furono eretti l'uno in faccia all'altro nelle due rive opposte di un canale, che occupava allora una parte dello spazio, che forma oggidì la piazza di San Marco. Vedremo poscia ciò che avvenne alla chiesa di San Teodoro. Ecco ciò che accadde a quella di San Geminiano.

Nel 1156 fu preso il consiglio di ampliare la piazza. Cominciossi dal disseccare, e riempire il canale. Indi si demolì la chiesa di San Geminiano, o per meglio dire, si trasportò nel luogo ove fu sempre da poi: ma siccome tutto ciò si fece dal Governo senza avvertirne il Pontefice, così questi se ne crucciò altamente, e minacciò tosto l'anatema. Maneggiossi l'affare, ed in fine si convenne, che il Doge d'allora, e tutti i suoi successori dovessero il giorno della Festa degli Apostoli visitar quella chiesa in segno di penitenza. Se ne stabilirono le forme, e fu prescritto, che il Doge col suo augusto corteggio vi dovesse andare a piedi. Giunto alla porta, dovea incontrare il Piovano in gran vestito sacerdotale, seguito da tutto il suo Clero. Colà offrivasi al Doge l'acqua santa, gli si dava a baciare la Pace, ed incensavasi mentre il Coro intuonava il Salvum fac servum tuum Ducem nostrum, Domine, e la Orazione usitata per la conservazione sua, e della Repubblica. Dopo di che il Doge recavasi verso l'altar maggiore per udirvi la Messa cantata dai musici della Cappella Ducale. Colà giunto, ponevasi ginocchioni sul primo gradino, e in quell'atteggiamento rispondeva alla Messa sino al Confiteor; indi andava a sedere sotto il suo magnifico baldacchino. Compiuto il santo Sagrifìcio, il Doge ritornava processionalmente verso il suo palazzo, preceduto dal Parroco, e dal Clero di San Geminiano, non che dai Canonici di San Marco. Ma quando il corteggio era arrivato alla metà della piazza, cioè al luogo dove prima sorgeva l'antica chiesa, la processione fermavasi, ed il Piovano, dirigendo al Doge la parola, gli ricordava la cagione di questa visita, e l'obbligo di rinnovarla l'anno seguente, aggiungendovi un suo particolare invito. Il Principe rispondeva con cortesia, e prometteva che ciò sarebbe fatto. Il Piovano allora si restituiva alla sua Parrocchia, i Canonici rientravano nella loro chiesa, e il Doge nel suo palazzo.

Durò simil festa sino al 1505, nel qual anno fu dal Governo intrapresa la riedificazione di questo Tempio, che però rimase a lungo imperfetto. Finalmente l'anno 1556 felicemente si compiè sul modello del celebre Sansovino, le cui ceneri onorate vennero in esso riposte. L'uso dell'antica cerimonia venne allora ripigliato senza menomamente alterarne le forme, checchè riguardo a ciò abbiano spacciato alcuni scrittori, aggiungendovi inoltre un'immaginaria tenue offerta del Doge al Piovano. Per conservar poi la memoria, fu posta una pietra rossa nel sito dove il Parroco diceva al Doge le sue parole, pietra che vi si vede ancora.

E chi mai pensato avrebbe, che questo Tempietto di San Geminiano, modello di semplicità e di eleganza, dovesse miseramente andare distrutto, ed essere argomento di comune amarezza? Era per verità ben giusto il riguardarlo come un'opera, che faceva all'arte distinto onore; comecchè il contrario paresse a qualche difficile forestiere, che accusava di nazionale predilezione il tributo di lode, che da noi gli fu sempre renduto, e singolarmente allora quando segnossi la sentenza della sua distruzione. Un incontrastabile suo pregio era certamente quello di portare nella facciata un carattere, che allontanando il confronto, faceva quasi svanire la dissonanza delle fabbriche contigue, e armonizzava in pari tempo la varietà degli edifizii, che fanno cerchio e corteggio a tutta la piazza. Di questa piazza appunto parlando, ebbe a dire il Petrarca a' suoi tempi: cui nescio an terrarum Orbis parem habeat. E che non avrebbe detto egli, se veduta l'avesse due secoli appresso? Il di lui sentimento passò di bocca in bocca senza contraddizione. Di fatto non ve n'ha alcuna in Europa che possa vantare una eguale raccolta di monumenti così singolari e magnifici. Essa è l'opera di quattordici secoli, del concorso di circostanze diverse, e dello sforzo de' più celebri architetti. Quivi è dove scorgesi la grave semplicità dell'architettura Greco-Barbara; quivi le bizzarrie leggiadre e ardite della Gottica; quivi le forme più ornate e nel tempo stesso più pure del buon gusto risorto della Greco-Romana; quivi in fine gli edifizii più solidi, più eleganti e più ricchi, che possono quasi emulare quelli della culta Grecia e della magnifica Roma. Non è soltanto la considerazione del suolo sopra cui sono posti, che dia grande risalto al vastissimo recinto; ella è per giunta l'unione e la varietà di tanti diversi caratteri, che forma l'ammirazione del dotto, l'istruzione dell'artista e l'incanto di tutti.

Per tale amore appunto di varietà s'erano più volte uditi alcuni conoscitori dell'arte asserire, null'altro mancare alla gran piazza che un genere di architettura, il quale, a differenza degli altri, facesse unicamente mostra dell'ordine Corintio. Quindi men si dolevano essi della recente demolizione di San Geminiano, sperando di veder sorgere in suo luogo un edifizio, che sotto forme diverse dalle abolite, ed affatto corrispondenti all'uso destinatogli, riparasse a questa mancanza. Ma le speranze andarono fallite, e videro in vece trionfare quella noiosa monotonia, ch'è il difetto principale dell'arte; talchè, sebbene la memoria di ciò che più non è perdasi prontamente, non sarà facile in questo caso che venga dimenticato quel felice accordo di parti, che un dì veniva prodotto dal prospetto dell'atterrata chiesa.

Consoliamoci però che se il recente edifizio colla novità dell'idea non colpisce, ha il pregio almeno di offrire al pubblico un passeggio piacevolissimo in forma di Galleria, mercè la comunicazione testè aperta fra amendue le Procuratie; comunicazione fin ora impedita dall'interposto Tempio. Si lasci a chi più compete l'esaminare, se questo bel vantaggio si avesse egualmente potuto ottenere, anche scegliendo un'architettura diversa dalla presente; e noi congratuliamoci intanto colle nostre Veneri, perchè adesso possono più comodamente far pompa di tutte le loro grazie, e possono i loro Adoni più facilmente seguirle a gara, incontrarle, ammirarle. Conviene essere indulgenti, in quanto alle belle arti, sopra tutto ciò che adesso ferisce spiacevolmente i nostri sensi. V'è ragione di presagire, che fra poco non ci si penserà più, e che tutto sarà trovato bello, tutto armonico, tutto piacevole. Non vi sarà forse che qualche accigliato misantropo, che in giorno di festa osservando questo delizioso passeggio e questo nuovo edifizio, oserà ancora ripetere:

Quando appar galanteria,

Il buon senso fugge via.

Feste per la prima vittoria

DE' VENETI.

Mentre le isole venete godevano pace e prosperità sotto il Ducale Governo, tutto il resto dell'Italia era diviso ed oppresso da Greci e Longobardi. Questi tenevansi i popoli soggetti, parte tiranneggiandoli essi medesimi, e parte secondando alcuni potenti Duchi, che la facevano da despoti. I Greci colla loro pessima condotta fomentavano i tumulti e le discordie fra i popoli. Verun rispetto non ispiravano i loro Imperatori, sia per gli ordini che mandavano, che per la scelta de' Ministri. Gli Esarchi stessi, che pure esser dovevano i rappresentanti di que' monarchi, non sapevano nè far onorare quelli, nè farsi essi medesimi temere, giacchè spesso contenti di arricchire a spese delle città soggette, d'altro punto non si curavano. I Ravennati si tenevano per superiori d'assai ai Romani e Napolitani, perchè fra loro riseduto avevano gli ultimi Imperatori, e vi risedevano tuttavia gli Esarchi: dal canto loro e Romani e Napolitani odiavano i Ravennati, male sofferendo di venire sprezzati da chi per solo vantaggio di tal prerogativa prostravasi vilmente, e di buona voglia tanto a' Greci che ai Longobardi. Quindi ne derivavano odii e dissensioni fra i popoli. Quanto poi alla città di Ravenna, la sua posizione la faceva vagheggiare da amendue quelle nazioni in Italia sovrane. Al tempo di cui ora parliamo, la possedevano i Longobardi. Allorchè Luitprando passato era in ajuto de' Francesi contro i Saraceni, Ildebrando di lui nipote, insieme con Perindèo Duca di Vicenza suo alleato, avevano a di lui volere espugnata quella città, ed appena appena era riuscito a quell'Esarca di sottrarsi alla schiavitù, rifuggendosi in queste lagune.

La perdita di Ravenna fu un colpo terribile sì per la corte di Costantinopoli, che per quella di Roma, ed entrambe meditarono tosto ogni mezzo per ricuperarla. Il migliore si era di rivolgersi ai Veneziani, riputatissimi omai per valore e per forze. Intanto il fuggitivo Esarca erasi già presentato al Doge Orso Ippato, il cui carattere vivo e intraprendente inspirar poteva le maggiori speranze. Il Doge accolto avealo con dignità ed affetto, ma qual che si fosse la sua propensione a favore del supplicante, nulla da per sè solo decidere poteva, siccome quegli ch'era semplice capo di libera Repubblica. Potè egli bensì convocare una Assemblea Generale ad oggetto di trattarvi questo importantissimo e delicatissimo affare. Vi venne ammesso anche l'Esarca, il quale in tuono patetico ed insinuante espose tutti i suoi mali, il pressante bisogno di soccorsi, l'aggradimento che ne avrebbe mostrato l'Imperatore, e la fama che ne sarebbe venuta al Veneto nome, se si fossero accinti alla giusta impresa di assisterlo. Egli diceva bene; ma come rompere una pace sì vantaggiosa, segnata poco fa con Luitprando? In quale stato miglior di prima trovavasi la Repubblica, per arrischiarsi di stuzzicare questo possente vicino, le cui armi circondavanla presso che da ogni parte? Non era da dubitare che rivolgendo noi le nostre forze contro i Longobardi, questi tosto sfogherebbero l'odio loro sulle Isole, le quali per ciò esposte resterebbero a gravi pericoli, prima che giunger potessero ajuti dall'Oriente. Inoltre come determinarsi a favorire un imperatore, che tutto faceva per istabilir l'eresia, quel Leone che persino spedito avea emissarj per far assassinare il Sommo Pontefice? Dall'altra parte però osservavasi essere di minor danno all'Italia, che due potenze la dividessero, piuttosto che una sola e superba, com'era quella de' Longobardi, unicamente la signoreggiasse. Tolte le insegne imperiali da Ravenna, que' Barbari non mancherebbero di tentar ogni via per sottopporre a sè tutte le altre provincie, e le stesse Isole Venete correrebbero simil sorte, tuttochè allora in pace con essi; mentre la gloriosa libertà, di cui godevano, era un perpetuo rimprovero della loro tirannide, ed un motivo possente di attirarsi il loro odio. Riguardo poi all'Imperatore, dicevasi, che ricuperata in tal modo

Ravenna, eravi a sperare, ch'egli s'inducesse ad annullare l'empio decreto contro le Sacre Immagini; o almeno potevasi tener per fermo, che grandi profitti egli avrebbe accordato ai nostri pel commercio nelle sue provincie. Intanto che que' Saggi bilanciavano così li diversi pareri, giunse al Doge quella celebre lettera di Gregorio III, lettera che conservasi tuttavia come un autentico documento della Veneta indipendenza, e come una prova convincente di quanto quel sagace Pontefice, deponendo ogni suo particolare risentimento per il pazzo furore di Leone, detestava i Longobardi, nemici per sistema della Chiesa Romana, e di ogni umanità. Con essa implorò egli istantemente l'ajuto de' Veneti per ricuperare Ravenna.

Il Doge Ippato, che vivamente bramava la guerra, sperando di segnalarvisi, e che a tal oggetto fatto aveva educare la gioventù negli esercizi militari, insorse a dimostrare, che le istanze del capo della Chiesa, ed il pericolo della perdita della Veneta indipendenza troncar doveano ogni irresoluzione. Aggiunse… Ma che cosa faceva uopo aggiungere? Coscienza, amor patrio, religione, e libertà non furono in tutti i tempi i mezzi potentissimi e sicurissimi dei politici, e dei più scaltri per suscitare tutte le passioni, e spignere gli uomini ad ogni impresa? Non altro dunque rimase a fare, che concertar le forme dell'attacco. I Veneti con ottanta legni comandati dal Doge stesso anderebbero ad assaltare la piazza, mentre l'Esarca colle sue milizie la stringerebbe per terra. Si convenne inoltre del giorno e del segnale. L'Esarca pieno l'animo della più confortante fiducia, prese commiato, e andò tosto a raccogliere le poche truppe, di cui egli potea disporre. L'Assemblea pure si sciolse, e tutta la Veneta gioventù corse spontanea ad imbarcarsi.

Già la flotta in breve spazio di tempo viene provveduta di soldati e di marinaj; già salpa. Nel giorno stabilito si avvicina a Ravenna, e sull'imbrunir della notte arriva sotto le mura della città. Il Doge dà il segnale; l'Esarca comincia con tutto il furore l'attacco. I Veneti applicano le scale, entrano in città, respingono, e fanno strage de' difensori. La sorpresa, e le notturne tenebre aumentano sugli assediati il terrore, e il disordine del combattimento. Chi può sen fugge; gran parte però della guarnigione è tagliata a pezzi: Perindèo resta ucciso; Ildebrando è fatto prigioniere dai nostri, e Ravenna ricuperata, viene sul fatto con magnanima generosità rimessa in potere dell'Esarca.

Questa segnalata azione militare de' Veneti diede generalmente a conoscere quanto potevasi in avvenire aspettare da un popolo sì illuminato e valoroso. Di fatti Luitprando conoscendo di non potersi vendicar di loro, da uomo saggio dissimulò il suo rancore, e si mostrò pago e soddisfatto che rimesso gli fosse il suo nipote Ildebrando. L'imperatore Leone ebbe oltre modo cara la ricuperazione di Ravenna, ed il Pontefice pure ne esultò. Tutti gli storici convengono fra loro nel dire, che il Doge Orso Ippato superbo di avere diretto la felice impresa, volle ritornarsene alla sua sede trionfalmente, ed ordinò sontuose Feste sotto il plausibile pretesto di celebrare questa prima vittoria delle armi Venete. Ma gli storici di que' tempi, ne' quali anarchia e confusione regnava per tutta l'Italia, così male c'informano degli avvenimenti di allora, che poco o nulla possiamo sapere delle Feste celebrate in tale occasione. Oltre le generali cagioni di tale ignoranza, ne abbiamo altre ancora di nostre particolari. Le Venete isole non erano per anco costituite in città, e forse non tutte vollero concorrere al trionfo d'Ippato, il quale essendo di Eraclea, colà risedeva, ed era detestato dai veri patrioti, che male sofferivano il di lui tuono arrogante ed imperioso. Aveva egli de' partigiani, è vero, ma qual è il principe men degno di lode, che non ne abbia? Le dissensioni ed i partiti infierivano ognora più fra gl'Isolani, e le cose giunsero a segno, che il partito dichiarato per la libertà, ch'era il più numeroso, assalì il Doge nella sua propria casa, e si vendicò d'ogni oltraggio col dargli morte. Indi si volle persino abolita la Ducal dignità, la quale venne sospesa per lo spazio di cinque anni. In questo stato

di cose, dove e come rintracciar potrebbonsi Feste e trofei di quel tempo? Perchè dunque parlarne, mi
si dirà da taluno? Perchè il mio assunto è di parlare non tanto delle Feste, quanto della loro origine;
perchè è certo, che il militare avvenimento della presa di Ravenna alcune ne fece nascere; e perchè
infine ridonderà in gloria della nazione, il poter conoscere come anche in un'epoca sì rimota vi fosse
tra noi tanta sagace politica, per bene scegliere il partito da prendersi; tanto amore di libertà per andare
contro i pericoli a danno di chi la odiava; tanta venerazione verso il Capo della chiesa per aderire alle
di lui brame; e finalmente tanto valore e tanta scienza militare per dirigere un'impresa certamente
non comune, e ferace di grandi conseguenze.

DEL CORPO DI S. MARCO A VENEZIA.

La religione fu sempre di grande aiuto ai Governi, sia per condurre le armate a pericolose ed importanti imprese, sia per soffocare in mancanza di leggi le passioni e le discordie della plebe, sia per accrescere quello splendore, che gli uomini utili alla patria trassero dalle loro azioni, sia per seppellire i malvagi nell'obbrobrio insieme co' loro disegni distruttori dell'ordine e del ben pubblico; sia finalmente per forzare gli uomini non inciviliti a rispettare certi utili instituti, e certi regolamenti, de' quali il solo legislatore conosce lo scopo e le conseguenze. Quando questo potente mezzo esiste in uno stato, e lo spirito di vera pietà per gli oggetti consacrati dal culto si conserva in un popolo, riesce più facile allora di spingere la credulità sino a quelle cose, che appoggiate sono a semplici tradizioni umane, e ad utili opinioni, senza discuter altro, ma che omai credute celesti rivelazioni, vengono più volentieri accettate, ed esser possono uno stimolo fortissimo a nobili azioni, a generose imprese. In tutti i paesi gli avveduti politici non solo tollerarono, ma eziandìo favorirono cosiffatte opinioni, secondo che la loro prudenza e l'utile dello stato le fecero credere opportune. L'autorità di quegli uomini rispettabili produsse mai sempre una credenza universale. Chi sa che in queste lagune non si fosse a bello studio disseminata tra il popolo la fama di certa profezìa, che avea fatto breccia in tutti i cuori? Ci sentiamo portati a crederlo dai felici effetti che produrre dovea, e che realmente produsse in vantaggio della Repubblica. Lo Spirito Santo, dicevasi, avea annunziato a San Marco per bocca di un angelo, che un dì le sue ossa riposerebbero in queste lagune; ed aggiungevasi, che la nostra Repubblica, sotto la protezione di quell'Evangelista, aveva a divenir grande e possente, e si sarebbe conservata in perpetuo.

Simile tradizione era per quest'Isolani un gagliardo incentivo per procurare ad ogni costo, di acquistare quel sacro deposito, che alcuni monaci custodivano con somma vigilanza e gelosia in Alessandria d'Egitto. Ma se per l'una parte gli sforzi della navigazione sempre crescenti, e i replicati viaggi a quelle spiaggie davano motivo a sperare del buon esito, per l'altra l'interesse de' mentovati monaci, più assai che la loro divozione, rendeva scabrosa l'impresa. Ed in fatti riuscì vana per assai lungo tempo. Finalmente un fortunato accidente presentò favorevole occasione all'industria de' nostri illustri conquistatori d'impadronirsi di quel sacro Palladio.

Nell'anno 828 due mercadanti, Bono di Malamocco, e Rustico di Torcello partiti di qua su i loro vascelli approdarono in Alessandria: dove appena giunti andarono, com'era il solito pio costume di tutti i Veneti navigatori, a visitare la chiesa dove riposava il corpo di San Marco. Trovaronvi i religiosi, che ne facevano la guardia in gran cordoglio; e chiestane la ragione, seppero da loro stessi, che i Saracini entrati testè in quel Tempio, avendo veduto la quantità di marmi preziosi e rarissimi che là si chiudevano, giudicaronli di buon acquisto, e li fecero trasportare su i loro vascelli per impiegarli nel palagio, che il Califfo di Alessandria faceva costruire nella sua capitale. I nostri mercadanti mostravano vivo dolore e somma indignazione d'una sì esecranda rapina, ed insieme spiegarono assai destramente il loro timore per tutto ciò che poteva avvenire di peggio. Fecero vedere, che i Saracini non eran gente da contentarsi di questo, ma sì bene da venire ad eccessi vieppiù detestabili. E chi può sapere, aggiunsero, che non aspirino ancora al corpo di San Marco? La sola idea di ciò (gridavano maliziosamente i nostri) ne fa fremere, e desta in noi un ragionevole batticuore; quindi è che pieni di zelo conclusero, che sarebbe tornato meglio affidar loro questo Santo Corpo, il quale avrebbe ottenuta convenevole collocazione, e sarebbe stato salvo da ogni insulto. La proposizione non poteva essere nè più saggia, nè più giusta: gli stessi religiosi li confessarono; ma come privar se stessi di sì preziosa reliquia, che per loro era fonte inesausta di profitti? Avevano un bel dire i due Veneziani, ora assicurandoli della loro riconoscenza, ora dei premii che dovevano aspettarsi dalla Repubblica, e ancor meglio da Dio per sì gran sacrifizio. Nulla valse a persuaderli. Si pose mano finalmente a quel metallo sì seducente e sì ricercato, che, a somma vergogna della nostra specie, assai spesso fa nascere l'equilibrio tra l'onore e l'infamia, tra la giustizia e il tradimento, tra la riconoscenza e l'esecrazione, tra i talenti e l'ignoranza; l'oro in una parola fu impiegato come un onesto compenso, che non lasciava luogo ai rimorsi. Ci sogliamo d'ordinario dolere, che l'ingordigia umana abbia malamente trionfato della natura, la quale con gran ragione avea rinchiuso questo dannoso e funesto metallo nelle viscere più profonde e più dure della terra; ma l'uso che in tale incontro di esso fecero i nostri navigatori, non può meritare biasimo; nè avverrà, che l'uomo il più severo se ne scandalezzi, quando il lucido incanto ad altro non servì, che a far dissotterrare un morto con intenzioni sì pie, che bastano a giustificare la scelta del mezzo.

Superato un inciampo, se ne presentarono degli altri. Siccome conveniva celare ai fedeli di Alessandria il sacro furto perciò si ebbe ricorso ad uno stratagemma. Si stabilì di trasportare il corpo di San Marco in tempo di notte, sostituendovi quello di San Claudio, che non ottenea fama e venerazione sì grande. Ma ciò non bastava essendovi motivo di temere non venisse scoperto dai Saracini presidi alla dogana, soliti a visitar con gran rigore ogni sorta di mercanzia per esigerne il diritto di uscita. Era uopo adunque o lo scansar questa visita, o renderne vani coll'astuzia gli effetti. Parve quindi opportuno collocare il santo corpo nel fondo di un corbaccio, ricoprirlo di erbami, e riporvi sopra molti pezzi di carne porcina. Il ribrezzo che provano i Munsulmani per questo cibo è tale, che non sì tosto i gabellieri poservi l'occhio sopra, lo rivolsero altrove, nè più oltre cercarono. Per tal modo riuscì ai nostri Veneziani di recare felicemente il corbaccio nel naviglio, dove appena giunti spiegarono le vele.

Prospero da principio fu il viaggio; ma poscia insorse fiera burrasca, che pose la nave in gran rischio. Non temevano però i pii marinai di naufragio, avendo il corpo del Santo per mallevadore della loro salvezza, e questa buona fede gli empì di un coraggio, che valse realmente a salvarli. Se ammirasi l'ardimento, quando pur non produce se non se misfatti e rovina negli uomini, ardiremo noi prenderlo in burla, allorchè viene eccitato da una bonarietà divota, e produce effetti non meno innocenti che la loro origine? Sopravvenne alfine la calma ed i viaggiatori arrivarono alla patria, annunziando qual sacro deposito avventurosamente recassero. Sul fatto stesso il Doge, il clero e tutto il popolo accorsero in riva al mare per accogliere quelle spoglie da sì gran tempo desiderate, e con processione pomposa e insieme divota le trasportarono nella cappella Ducale, collocandole entro una cassa sotto l'altar maggiore.

La consolazione de' buoni Veneziani di possedere un sì prezioso tesoro sorpassò ogni espressione. Da quel momento San Marco fu acclamato il Protettore della città, che quasi contemporaneamente avea ricevuto il suo formale principio. L'immagine del Santo e il suo Leone, divennero il contrassegno di tutti i pubblici monumenti, lo stendardo delle flotte, l'impronta di tutte le monete, la dolce speranza di tutti i cuori. Non vi fu mai eccitamento più valido a tutte quelle imprese che dovevano far prosperare la Repubblica, la cui sorte, secondo la profezia, dipendeva dal possesso di questa reliquia.

I nostri provvidi legislatori che assai bene conoscevano quanto importasse il mantener sempre scolpita profondamente ne' cuori una divozione da cui scaturivano tanti vantaggi, vollero istituire una festa da celebrarsi ogni anno il dì 31 di Gennajo, nel qual giorno il sospirato deposito approdò a Venezia.

Essa celebrossi sino a' nostri ultimi giorni, ma non consisteva che in una messa solenne a cui interveniva il Doge colla Signoria. Quali altri segni di giubilo si sieno dati il primo giorno dell'istituzione, non potremmo dirlo; mentre non trovasi su di ciò verun documento. Ma qual che si fosse la festa, parve sempre di poco momento ai nostri avi per isfogare la loro esultanza, e perciò pensarono d'innalzare un tempio al nuovo Protettore, in cui riporre il suo venerabile Corpo. Il luogo scelto a quest'oggetto fu quello dove stava la picciola chiesa di San Teodoro, che sino allora era stato il solo Santo tutelare de' Veneziani. Ottima fu la scelta del sito, venendosi in tal guisa a congiungere il nuovo tempio al palazzo Ducale già intrapreso, e adempiendosi così l'avvertimento del Salmista, il quale vuole, che la giustizia sia strettamente legata colla pace e colla religione. L'edifizio fu assai presto terminato, se non che nell'anno 976 un terribile incendio il ridusse quasi tutto in cenere. Alcune ragioni politiche e divote concorsero a far considerare questo accidente come un favore speciale della Provvidenza; e sull'istante fu decretato, che si costruisse un tempio, il quale superasse ogni altro in nobiltà, ricchezza e buon gusto. Quindi si consultarono i migliori artisti di ciascun paese, benchè non ne mancassero in Venezia di eccellenti; ma quando trattasi di cosa di somma importanza, è sempre miglior consiglio il raffrontare le opinioni e le idee di molti. E perchè le belle arti tenevano a que' giorni il loro regno in Costantinopoli, di là si chiamarono li più rinomati professori, e fu loro ordinato di formare il disegno di un tempio, che a qualunque costo riuscisse senza pari al mondo. L'ordine fu eseguito, il disegno approvato, e la grand'opera ebbe principio nel 977 sotto gli auspizi del Doge Pietro Orseolo. Si aggrandì l'area, che prima era troppo angusta, e parve, tal quale è oggidì, abbastanza spaziosa; essendo eguale a quella di Giove Capitolino in Roma. E in fatti gli antichi nell'erigere i templi, non facevano tanto caso dell'ampiezza, quanto della magnificenza. Il Vescovo di Venezia ne gettò la prima pietra sotto gli occhi del Doge, e di tutto il popolo accorsovi. Il lavoro durò più di tre secoli, nei quali non si cessò di far trasportare dalla Grecia i marmi più rari e più fini destinati ad onorarlo. Lungo sarebbe il descrivere le superbe e numerosissime colonne di porfido, di granito e di altre preziose qualità, come pure le insigni sculture, e i mosaici, che adornano e dentro e fuori questa famosa Basilica. È una galleria di cose mirabili, è un edifizio illustre e portentoso. La facciata, benchè in minore stima del resto, rispetto all'architettura, merita tuttavia d'esserlo assaissimo, per i fregi e gli ornati che ci presenta. Veggonsi nelle statue e bassi rilievi gli eroi della religione misti a quelli del paganesimo, e figure mitologiche ed allegoriche. C'è di tutto, dice il Temanza; ma questo tutto è un tesoro di singolari e bellissime produzioni dell'arti. Fra le statue ve ne sono alcune dei primi secoli della Repubblica, e così di mano in mano sino al celebre Sansovino. Non si dee lasciar d'osservare l'eccellente lavoro in mosaico, che trovasi appunto sulla facciata. La scelta del soggetto che rappresenta è analoga al luogo e alla circostanza. Vi si vede espressa per intero la storia della traslazione del corpo di San Marco in Venezia. E in vero si ha campo di ammirare l'ingegno dell'artista, che seppe infondere tanta verità, tanta somiglianza, tanta naturalezza nelle fisonomie e nei gesti de' suoi personaggi. Su i volti de' Veneziani leggesi la svegliatezza e la penetrazione del loro spirito; poichè mentre stanno mostrando ai Saraceni i pezzi di majale, la malizia del loro sguardo, e 'l movimento delle loro bocche palesano in maniera assai viva la compiacenza che provano nel corbellarli. Dall'altra parte notasi nelle fisonomie de' Saraceni una certa rustica goffezza, e una specie di ripugnanza religiosa nel mirare oggetti dalla loro legge vietati, che gli allontana dal sospettar d'altro. Finalmente per tacere del resto, nel bel mezzo della facciata si collocò l'emblema di San Marco, cioè il suo alato Leone tutto di bronzo dorato. Questo Leone si moltiplicò in infinito non solamente nella Città, ma in tutti i paesi ancora, che appartenevano alla Repubblica; giacchè presso i Veneziani il Lione, cioè il nome di San Marco, s'identificò talmente con quello dello Stato, ch'egli colpisce l'orecchio, e tocca il cuore, direm così, più che la memoria delle tante vittorie ottenute dalla Repubblica. Il buon popolo Adriatico vi accoppia una certa idea di affezione mista a rispetto e a divozion nazionale che trae anche in presente dal petto sospiri di tenerezza, o di dolore al sol vederne le immagini.

Convincente prova di tal verità si è quanto avvenne l'anno 1796, allorchè le vicende politiche atterrata avendo una macchina di quattordici e più secoli, si volle tolto anche lo stemma rappresentativo del Veneto Governo. Il popolo tutto ne fu vivamente afflitto, e in particolare la porzione meno incivilita, e conseguentemente più prossima alla natura e alla schiettezza, non potè nascondere il suo grande cordoglio. Tutti i sudditi della costa marittima del Levante, della Dalmazia, dell'Istria ne diedero i segni più manifesti. Lunga sarebbe, quantunque commovente cosa, il narrarli tutti: siami però concesso il delinear qui la scena interessantissima accaduta in Perasto. Io mi lusingo che non potrà a meno di non ispirare a' miei lettori i sentimenti medesimi, da cui furono agitati quegli affettuosi abitanti.

Pel Trattato di Campo Formio la Dalmazia doveva passare all'Austria. Quindi il general Rukovina ebbe ordine di prenderne possesso. Li 22 agosto del 1796 arrivò egli con una flotta, e mille soldati da sbarco a Pettana, ch'è un miglio e mezzo lontano da Perasto. I costernati Dalmati veggendo che nulla più rimaneva a sperare, vollero almeno rendere gli estremi onori al grande stendardo di San Marco. A tal fine i Perastini, non che le genti del vicino contado, ed altri ancora si ragunarono dinanzi al palazzo del Capitan Comandante, il quale con dodici soldati nazionali armati di sciabole, seguiti da due alfieri, e preceduti da un tenente, si recò nella sala, dove stava quello stendardo, e la bandiera di campagna, che da molti secoli la Repubblica Veneta aveva affidato al valore e alla fedeltà de' bravi Dalmati. Doveano essi levare quelle amate insegne; ma nel punto di eseguire un atto che squarciava i loro cuori, perdettero le forze, e tante solamente ne conservarono, quante bastavano per versare un diluvio di pianto. Il popolo affollato, che stava in piazza aspettando, e che non vedea più uscire nessuno dalla sala, non sapea che pensarsi. Mandossi uno de' giudici del paese per ritrarne il motivo; ma questi rimase egli stesso sì commosso, che colla sua presenza altro non fece, che aumentare la tristezza degli altri. Finalmente il capitano, vincendo per necessità sè medesimo, fa uno sforzo doloroso; stacca le insegne dal luogo dove erano erette, le inalbera su due picche; le passa in mano ai due alfieri, che scortati dai soldati e dal tenente escono in ordinanza dalla sala, e su' lor passi vengono e il capitano e il giudice e tutti gli altri. Appena fu visto a comparire l'adorato vessillo, che diventò comune il lutto, e universale il pianto. Uomini, donne, fanciulli, tutti mandano singhiozzi, tutti spargono lagrime. Altro più non s'ode, che un lugubre gemito, contrassegno non dubbio dell'ereditario attaccamento di quella generosa nazione verso la sua Repubblica.

Giunta la mesta comitiva in piazza, il capitano toglie dalle picche le insegne, e ad un tempo vedesi calar la bandiera di San Marco dalla fortezza, che tira vent'un colpi di cannone. Due vascelli armati per guardia del porto le rispondono con undici spari e così fanno tutti i vascelli mercantili; fu questo l'ultimo addio, che la fama posta a lutto diede al valor nazionale. Le sacre insegne furono poste sopra un bacino; il tenente le ricevette in presenza de' giudici, del capitano e del popolo. Indi marciarono tutti con passo lento e melanconico alla volta del Duomo. Colà giunti, vennero accolti dal clero e dal suo capo, al quale si fece la consegna del sacro deposito, ed ei lo pose sull'altar maggiore. Allora il capitan comandante proferì il seguente discorso, che fu tratto tratto interrotto da rivi sgorganti ancor più dal cuore che dagli occhi:

«In questo momento crudele, che lacera il nostro cuore per la fatal perdita del Serenissimo Governo Veneto, in quest'ultimo sfogo del nostro amore e della nastra fede, con cui onoriamo le insegne della

Repubblica, deh! siaci almeno, o miei cari concittadini, di qualche conforto il pensare, che nè le nostre passate azioni, nè quelle di questi ultimi tempi hanno dato origine a quest'amaro ufficio, che per noi ora diviene anzi virtuoso. I nostri figli sapranno da noi, e la storia farà sapere all'Europa intera, che Perasto ha sostenuto degnamente sino agli estremi respiri la gloria del vessillo Veneto, onorandolo con quest'atto solenne, e deponendolo irrigato di lagrime universali e acerbissime. Esaliamo, miei concittadini, la nostra disperazione; ma in mezzo a questi ultimi solenni sentimenti con cui suggelliamo la gloriosa carriera da noi percorsa sotto il Serenissimo Governo Veneto, rivolgiamoci tutti verso quest'amata insegna, e sfoghiamo la nostra afflizione così: Oh vessillo adorato! dopo trecento e settanta sett'anni, che ti possediamo senza interruzione, la nostra fede e il valor nostro ti conservò sempre intatto non men sul mare, che ovunque fosti chiamato dai nemici tuoi, che furono pur quelli della religione. Per trecento e settanta sett'anni le nostre sostanze, il nostro sangue, le vite nostre ti furon sempre consacrate, e da che tu fosti con noi, e noi con te, fummo sempre felicissimi, fummo sul mare illustri e vittoriosi sempre. Niuno con te ci vide mai fuggire, niuno con te ci potè vincer mai. Se i tempi presenti infelicissimi per improvidenza, per viziati costumi, per dissensioni, per arbitrii illegali offendenti la natura e il jus delle genti, non ti avessero perduto in Italia, tue sarebbero state sempre le nostre sostanze, il sangue, le vite nostre; e piuttosto che vederti vinto e disonorato, il nostro valore, la fedeltà nostra avrebbero preferito di restar sepolti con te. Ma poichè altro a far non ci resta per te, sia il nostro cuore la tua tomba onorata, e la nostra desolazione il tuo più grande elogio.»

Terminato questo discorso, Monsignor Abate ne pronunziò un altro sullo stesso soggetto e con sentimento eguale. Indi il capitano si levò, ed afferrato un lembo dello stendardo vi pose su le labbra senza poternele divellere, e ciascuno a gara concorse a baciarlo tenerissimamente, irrigandolo di calde lagrime. Ma dovendosi una volta por fine alla cerimonia dolente, si chiusero quelle care insegne in una cassa, che l'Abate collocò in un reliquiario sotto l'altar maggiore.

Poichè fu compito quest'atto di verace attaccamento, non che gli altri uffizj dettati dal cuore, il popolo taciturno uscì di chiesa, portando in volto l'impronta della tristezza e dell'ambascia, contrassegni i più infallibili della procella dell'animo.

A SAN ZACCARIA.

Al tempo che Agostina Morosini era Badessa in San Zaccaria, cioè a dire, l'anno 855, il Pontefice Benedetto III fu in Venezia, e visitò quella chiesa e quel monastero. Penetrato vivamente d'ammirazione per la virtù e santità che vide regnare fra quelle sacre vergini, volle, tornato a Roma, dare una testimonianza della sua soddisfazione coll'arricchirle di un gran numero di reliquie e d'indulgenze. Fu allora che il Doge Pietro Tradonico (la cui famiglia fu poscia detta Gradenigo) cominciò a visitare il tempio di San Zaccaria fra il concorso del popolo. Sarebbe stato un vero scandalo a que' tempi, in cui tutto respirava la più pura, e la più solida pietà, se il capo della Repubblica avesse mancato di assistere a solennità religiosa. Fissossi dunque il giorno di Pasqua come il più adattato all'annua visita. La Badessa Morosini lietissima di vedere il Doge processionalmente venire alla sua chiesa gli offerse, d'accordo colle sue religiose, un regalo degno di lui, e della ricca eredità di cui ella godeva. Fu questo una specie di diadema repubblicano, che chiamavasi Corno Ducale di un valore straordinario. Esso era tutto d'oro: aveva il contorno ornato di ventiquattro perle orientali in forma di pere. Sulla sommità risplendeva un diamante ad otto facce, di un peso, e di una lucidezza mirabile. Nel dinanzi un rubino anch'esso di massima grossezza, che abbagliava colla vivacità del suo colore e del suo fuoco. Come poi descrivere la gran croce che stava nel mezzo del diadema? Era questa composta di pietre preziose, e particolarmente di ventitre smeraldi, de' quali cinque, che formano il traverso, vincevano in bellezza quanto si può vedere in tal genere. Regalo così inestimabile venne dal Doge sommamente gradito, e da quel momento si stabilì, che il superbo diadema non avesse a servire se non per il giorno della coronazione de' nuovi Dogi. Ma perchè quelle buone religiose non istessero del tutto prive del piacere di rivederlo (piacere che richiamava alla memoria un'azione nobilissima di quella comunità), si decretò inoltre, che tutti gli anni nel giorno della visita da farsi a San Zaccaria, esso verrebbe tratto dal pubblico tesoro, e sopra un bacino presentato dal Doge medesimo, e mostrato a tutte le suore; il che fu sempre esattamente eseguito.

Un triste avvenimento accaduto l'anno 864 contribuì a dare a questa Festa un lustro maggiore. Da lungo tempo v'aveano in Venezia forti dissensioni fra alcune nobili famiglie, e sotto il Ducato di Tradonico più che mai infierivano. Tutta la Città parea divenuta un campo di battaglia; non essendovi giorno, in cui le due fazioni non si scontrassero, e non venissero fra di loro alle mani. Si azzuffavano a torme, nè mai distaccavansi senza prima avere sparso molto sangue. Il Doge tutto tentò per conciliare gli accaniti cittadini; ma gli venne ciò che d'ordinario incontra chiunque nel calore delle altrui dispute spiega uno spirito conciliatore. Volendo destreggiare, si rese sospetto di parzialità ad entrambe le parti. Di fatti è impossibile l'amare ad un'ora due fazioni diverse, e il farsi da esse riamare; conviene di necessità che una di esse rimanga scontenta, e non è raro, che questa mediti la perdita non men della sua rivale, che quella del mediatore stesso. Il Doge mandava ordini, e non era obbedito: minacciava, e le sue minaccie sprezzavansi; non regnava più disciplina alcuna, nè sicurezza nella città. Egli avrebbe voluto punire taluno fra i più ostinati d'entrambi i partiti, ma nelle discordie civili le punizioni hanno talvolta conseguenze ancor più funeste perchè di vantaggio inaspriscono gli animi. Il disordine andava più ognora crescendo: si mormorava contro il Doge; gridavasi contro dell'ingiustizia, della tirannia; dalle mormorazioni si venne alle invettive, e l'eccesso del fermento ebbe per isviluppo la morte sciagurata del Doge. Venne egli assalito nel momento che usciva con tutto il suo corteggio dalla chiesa di San Zaccaria. Le guardie cercarono in vano di difenderlo; egli spirò sotto reiterati colpi di pugnale.

Succeduto appena il fatto, i cittadini tennero una generale Assemblea in cui dopo aver deplorato il tragico fine del Doge, come un attentato orrendo, si crearono tre Commissarj che prendessero in rigoroso esame l'affare. Conveniva assolutamente punire i rei per impedire ulteriori sfrenatezze nel popolo, ma dovevasi anco far sì, che in avvenire non potesse alcun Doge abusare della sua autorità, nè parzialeggiare con alcuna fazione: altrimenti non sarebbevi differenza veruna fra il capo di una Repubblica libera, ed un monarca, il quale si crede tutto permesso, perchè niuno osa contrariare i suoi voleri, nè prescriver limiti alla sua autorità. Questi Triumviri si trassero fuori con vero zelo da una commissione sì gelosa. Si riconobbe l'utilità di tale magistratura, e quindi piacque che fosse perpetua. Ad essa si affidò la custodia delle leggi, ed i suoi membri chiamaronsi Avvogadori di Comune. Furono essi sempre mai in grandissima riputazione, poichè erano i principali sostegni della pubblica sicurezza.

Si volle poscia dare alla Festa, o per meglio dire, alla visita di San Zaccaria, un aspetto più decoroso, e per ciò si risolse, che il Doge colla Signoria invece di andare a piedi si dovesse recare al monastero nelle sue barche dorate, e che le grandi confraternite troverebbonsi a quel momento nella chiesa. La folla del popolo si accrebbe allora, e continuò poscia sino all'anno 1796, sì per acquistare le assegnate indulgenze, e sì per voglia di ammirare quel diadema, che col suo splendore abbagliava gli occhi di tutti. Il popolo non sa dimenticarlo, e lo piange tuttavia, come piange il pubblico un tesoro sì rinomato, e tante altre ricchezze nazionali miseramente disperse.

Festa dei Matrimonj

O DELLE MARIE.

Il matrimonio fu ogni tempo celebrato in queste lagune con grande solennità. Gli avoli nostri conoscendo l'importanza e i vantaggi del matrimonio, giudicarono necessario di aggiungere alcune parziali formalità, onde renderlo più augusto e più santo. Di fatti, se si pone mente alla storia di tutti i popoli, troverassi, che il matrimonio è sempre stato il mezzo migliore per consolidare la pace e l'unione tra le nazioni anche le più nemiche fra loro, e per comporre in tal modo la grande famiglia sociale. E chi può dubitare dell'effetto di una istituzione fondata sopra uno de' primi bisogni dell'uomo, che converte una sensazione passaggiera in un nodo permanente, e che colla felicità particolare degl'individui assicura la felicità generale della società? Non potrebbesi al certo mai abbastanza proteggerla; posciachè concilia sì bene le viste della natura colle viste politiche. Ben videro i nostri maggiori, che questa dolce unione e questo legittimo innesto di schiatte e di famiglie, non solo diverrebbe un mezzo d'ingrandimento e di forza per la patria, ma distruggerebbe altresì ogni germe di dissensione e di rivalità, se mai ve ne fosse a temere. Perciò appunto credettero, che quanto più la pubblicità di quest'atto sarebbe solenne, tanto più gli sposi sentirebbero la forza dei loro impegni e doveri verso la società, e tanto più ancora dal canto suo la società assicurerebbe, e guarentirebbe questa unione a lei troppo preziosa, col prendere gli sposi sotto la sua tutela, e col proteggerli contro ogni genere di attentati. Quindi è che della solennità di celebrare le nozze si fece una Festa veramente nazionale. A questo fine si stabilì l'uso di celebrare quasi tutti i matrimoni in uno stesso giorno e nella stessa chiesa. Il dì a ciò destinato fu quello della Purificazione di Maria, che cade ai due di febbrajo, e la chiesa quella di San Pietro di Castello, detto allora Olivolo. Venivano le spose alla chiesa portando seco la meschina lor dote in una picciola cassa, chiamata Arcella; poichè in que' felici tempi d'innocenza e di moderazione, non compravasi nè marito nè moglie con oro. Colà stavano esse aspettando gli sposi che le raggiungevano col corteggio de' parenti, degli amici, e di una folla di spettatori. Udivano insieme la messa solenne celebrata dal Vescovo, dopo la quale pronunziava egli un discorso sopra la santità dell'impegno, che gli sposi stavano per contrarre, e sopra i doveri, che Dio stesso a loro imponeva; indi santificavasi la loro scelta colla benedizione episcopale ad ogni coppia. Finite tutte le cerimonie, ognuno degli sposi porgeva la mano alla sua compagna, e, prese in consegna le Arcelle, s'avviavano tutti alle loro case accompagnati da quello stesso lieto cortèo, che gli aveva seguiti alla chiesa. Il rimanente del giorno era consacrato ad una tavola frugale sì, ma saporita, e ad una danza gioviale sì, ma senza arte.

Quando fu poscia fissata la costituzione, stabilito un Doge come capo della Repubblica, e la città cresciuta in ricchezza e popolazione, allora si volle rendere questa cerimonia più brillante e magnifica. Decretossi, che dodici fanciulle di condotta irreprensibile, e di non comune avvenenza, tratte dalle famiglie più povere, venissero dotate dalla nazione, e andassero all'altare accompagnate dal Doge stesso rivestito del suo regal manto, e circondato dal pomposo suo seguito. Allora gli abbigliamenti delle spose ottennero maggior gaiezza e magnificenza. Ritenevano esse, è vero, la modestia e l'innocenza nelle vesti, ch'erano tutte candide, siccome candido era il lungo velo, che dalla testa dove appuntavasi, scendea largamente a ricoprire gli omeri; ma i loro colli vennero fregiati e cinti d'oro, di perle e di gemme. Quelle che non potevano riccamente ornarsi del proprio, non arrossivano di prendere in prestanza, per quel dì, li fregi, e sino la corona d'oro che lor venìa posta in cima al capo, qual segnale di nuove spose. Il Governo avea cura di abbigliare in pari modo quelle, che venivano dotate dal pubblico; ma finita la Festa, dovevano esse restituire tutti gli ornamenti, non ritenendo per se, che la dote. Quest'aggiunta di splendido apparato rese la commovente istituzione ancor più bella e maestosa.

Ma un fatto accaduto intorno l'anno 944 fece sì che la Festa venisse a prendere un nuovo carattere. Alcuni pirati Triestini, avidi sempre di preda gelosi dell'ingrandimento di Venezia, e dolentissimi che le loro sconfitte recassero un lustro sempre più grande al nome Veneto, osarono fra di loro tramare un'orribile insidia. Per assicurarne l'effetto, nella notte precedente alla gran Festa de' matrimonj, si appiattarono entro le loro barche dietro l'isola di Olivolo. La mattina cogliendo il tempo, che i Veneziani stavano affollati in chiesa per la cerimonia, ecco che a guisa di lampo attraversano il canale, balzano a terra colla sciabola alla mano, entrano in chiesa per tutte le porte ad un tratto, rapiscono le spose appiè dell'altare, s'impadroniscono delle Arcelle, corrono alle barche, vi si gettano dentro colla preda, e fuggono a tutte vele. Che far potevano i pacifici abitanti delle isole, che non altre armi avevano allora a difesa, che festoni di alloro, e ghirlande di fiori?

Il Doge Pietro Candian III presente all'infame oltraggio, compreso d'altissima indignazione, si slancia il primo fuori della chiesa, e seguito dai giovani sposi, e da tutti gli astanti, scorre con essi le strade della città chiama tutti i cittadini alla vendetta, in tutti ne accende smaniosa brama, e tosto un gran numero di barche si appronta, e si riempie di gioventù risoluta col Doge stesso alla testa. Per difensori di una sì giusta causa il cielo e l'amore si dichiarano favorevoli: il vento gonfia le loro vele: raggiungono i rapitori verso Caorle, e scorgonli sulle rive del piccol porto tutti affaccendati in disputarsi, e dividersi le femmine e il bottino. I Veneziani non tardano in punto; gli attaccano con furore, li combattono, li conquidono, nè v'ha pur uno, che sottrarsi possa. Il Doge non abbastanza satollo della vendetta, comandò che i cadaveri fossero tutti gettati in mare, affinchè rimanessero insepolti, e venisse tolto ai parenti, e agli amici il mezzo di prestar ad essi alcuna maniera d'onore. Onde poi perpetuare la memoria di un tale avvenimento, egli impose a quel piccolo porto il nome di Porto delle Donzelle, nome che ancora sussiste. In seguito i Veneziani si pongono di nuovo alla vela; riconduconsi in trionfo le racconsolate fanciulle; nessuno ha perduto la sua sposa; tutte ritornano intatte fra le braccia materne. La gioja inebbria tutti i cuori; ognuno si sente felice, e giubila dell'esito di un'impresa, che accresce gloria alla nazione. Ricominciasi la sacra funzione: gl'inni della riconoscenza si frammischiano ai canti nuziali, e le giovani spose gustano ancor più la felicità e l'orgoglio di appartenere ad uomini, che avevano saputo sì ben difendere il loro cuore, e meritar viemaggiormente l'affetto loro.

La nazione di unanime consenso volle, che la memoranda impresa si celebrasse ogni anno alla stessa epoca. E perchè il corpo de' Casselleri (specie di falegnami) che per la maggior parte erano della parrocchia di Santa Maria Formosa, avea somministrato un numero maggiore di barche, e colla sua prontezza e col suo zelo avea avuto parte maggiore nella vittoria, il Governo lasciogli la libertà di chiedere quella mercede, che stata gli fosse più cara. Quanto mai la loro domanda non ci dee sorprendere oggidì? Essi non supplicarono se non la visita del Doge alla loro parrocchia nel giorno dell'annua Festa, ch'erasi decretata. Lo stesso Doge, benchè vivesse in un tempo assai dal nostro diverso, ne rimase maravigliato; e per porgere ad essi occasione di chiedere qualche cosa di più, mise in campo alcune difficoltà intorno a questa visita, dicendo allora col candore di quei tempi: E se fosse per piovere? – Noi vi daremo dei cappelli onde coprirvi. – E se avessimo sete? – Noi vi daremo da bere. Non v'ebbe più luogo a repliche, e bisognò accordare una sì discreta domanda. Il patto fu d'ambe le parti mantenuto, e sino agli estremi della Repubblica, il Doge colla Signoria nel giorno della

Purificazione della Vergine si recava alla chiesa di Santa Maria Formosa, ed il Parroco nell'incontrarlo presentavagli in nome de' Parrocchiani alcuni cappelli di paglia dorati, dei fiaschi di malvagìa, e degli aranci. Oh l'avventurosa e mirabile semplicità!

Per ciò poi che riguarda la Festa, si cominciò dal sostituire al nome di Festa dei Matrimonj, quello di Festa delle Marie. È ignoto se posteriormente si continuasse la celebrazione de' matrimonj nello stesso modo di prima; certo è bensì, che sino agli ultimi tempi della Repubblica i matrimonj delle famiglie patrizie si celebravano così pomposamente, e con tanta affluenza di popolo, che ogni giorno di nozze potevasi computare un giorno di festività nazionale. È pur anco ignoto d'onde avesse origine il nome di Maria dato a questa Festa; non essendovi scrittore che ne parli. Potrebbesi credere, che ciò fosse, perchè il più delle rapite vergini avevano nome Maria; nome tra noi molto comune oggidì, e ancor più comune anticamente. Fors'anche ciò nacque dall'essere seguita la vittoria de' Triestini; e 'l racquisto delle spose nel dì della Purificazione di Maria, ovvero perchè la Festa finiva colla visita a Santa Maria Formosa, unica chiesa allora consacrata alla Vergine. Ma comunque ella si fosse, tal Festa da principio non fu che mera divozione e gratitudine di questi buoni Isolani, e quindi la sua fama non oltrepassò gli angusti confini, entro cui celebravasi. Ma in seguito tanto divenne famosa per la sua magnificenza, che gli stranieri accorrevano da ogni parte a Venezia, per vederla. Essa non fu più la Festa di un sol giorno; diventò in vece una Festa animata dal trasporto di un piacere, che durava otto giorni, e per cui meritò di venire descritta da parecchi scrittori, i quali servendosi della lingua del Lazio, preferirono di darle il nome di Ludi Mariani, a somiglianza de' Ludi Megalesi, Cereali, Floreali ed altri. In questi otto giorni adunque dodici leggiadre zitelle venivano condotte con pompa per tutta la città. La scelta veniva fatta da tutti i cittadini nel modo seguente. La città di Venezia, che in sei parti, detti sestieri, è divisa, raccoglieva in ciascuna delle sei principali parrocchie li proprj abitanti, i quali per via di suffragi eleggevano le due figlie più belle e più saggie, che si trovassero nel sestiere. Al Doge spettava il confermare la scelta; alle parrocchie il somministrare quanto faceva mestieri per adornar le Marie; alla nazione il pagar la spesa necessaria per la celebrazion delle Feste. Ogni giorno eravi un nuovo spettacolo. Il primo dì le Marie vestite col maggiore sfarzo accompagnate da un numeroso seguito, salivano su certe barche scoperte, e con eleganza adobbate, ed erano condotte dinanzi al Doge, il quale accoglievale nel modo, che più s'addiceva alla sua dignità. Tutti andavano alla chiesa Patriarcale a ringraziare l'Altissimo dell'ottenuta vittoria, e della ricuperazion delle spose; e le dodici Marie accrescevano l'augusto corteggio del Principe. Ritornate a San Marco, il Doge congedava in bella forma le Marie; indi volto all'immenso popolo, davagli la sua benedizione. Oh quanto questa benedizione era commovente! Oh quanto essa riusciva cara ai Veneziani, che la ricevevano non come sudditi trepidanti, ma come figli, amici, fratelli! Qual Sovrano si arrischiò giammai d'impartirne una simile? qual altro popolo fu mai degno di riceverla? In questa cerimonia in cui tutto era animato dalla tenerezza, dalla concordia, dalla felicità, la benedizione del Capo dello Stato era quella di un padre, che non avendo nulla ommesso per la prosperità di quelli, che a lui sono affidati, e ch'egli predilige, finisce implorando sovra di essi tutti i benefizj del cielo. Qual confidenza reciproca! Qual amore inspirar non doveva un atto sì tenero? Di fatti tutti si ritiravano poscia allegri e pieni del vivo trasporto; e già sentivano che i lor legami col Governo si stringevano ognora più. Le Marie rimbarcatesi come prima percorrevano il Gran Canale, e da per tutto dove passavano spiegavasi un ricco apparato di tappezzerie di ogni maniera, e di frequenti orchestre con mille strumenti. Toccava a qualcuna delle famiglie più nobili e più doviziose il ricevere in casa le Marie, e il loro seguito; il che facevasi con tal profusione e splendidezza di doni, che alle volte la famiglia ospitale pativane notabilmente. Quindi furono necessarie alcune leggi, che ne moderassero le spese. Egli è per questo che cambiò anche il numero delle Marie, e nell'anno 1272 un decreto del Governo le ridusse a quattro, indi a tre sole.

Negli altri sette giorni tutto era gioja e piacere, e non passava dì, che non vi fossero gozzoviglie, danze, mascherate, commedie, regate e mille trastulli. L'amore stesso coglieva l'occasione di estendere ed esercitare il suo impero. In que' dì le femmine riscattavansi dal servaggio, in cui le teneva il pudore e il severo costume di que' tempi. Le Marie stesse non dissimulavano la loro compiacenza e vanità, allorchè giungevano ad attirare sovra di se medesime il viril guardo, togliendolo alle sacre immagini, che recavansi in processione l'ultimo giorno, nell'andare a Santa Maria Formosa. In somma una Festa, che dapprima era stata quella della virtù e dell'innocenza, divenne poscia per ogni classe di persone Festa di apparecchiata malizia.

Essendosi per tal modo introdotto il disordine morale, ed oscurata la bella semplicità de' primitivi secoli, il Governo credette opportuno di sostituire alle zitelle, che accompagnavano la processione, alcune figure di legno rappresentanti le vergini rapite. Una mutazione sì nuova e singolare, è ben naturale che dispiacesse al popolo, il quale si abbandonò ad ogni sorta di eccesso, per far conoscere tutto il suo disprezzo verso quei fantocci di legno. Egli seguivali con fischi, con urli, che interrompevano la sacra funzione, e col lanciare loro addosso una pioggia di navoni, il che diede motivo nel 1349 ad un decreto del Maggior Consiglio a favore delle statue di legno: decreto che ci porge una distinta idea del carattere e dei costumi di allora. In esso viene proibito il lanciare, durante la Festa delle Marie, navoni, rape e cose simili sotto pena di soldi cento di amenda, somma a que' giorni importante. Per questa legge ebbero fine i popolari trasporti ma non isvanì il disprezzo conceputo per quelle nuove figure. E perciochè non evvi mai cosa che valga a distruggere un sentimento interessante, la plebe si vendicò del freno impostole dal decreto contro i navoni, col sostituire ad essi un proverbio, che anche in presente dura, chiamando Maria di legno qualunque femmina, che sia magra fredda ed insulsa.

Le luttuose vicende della guerra di Chioggia 1379 furono cagione, che si sospendessero i Ludi Mariani i quali non vennero più ristabiliti, sia perchè delle immense somme che costavano si fece un uso migliore per lo Stato; sia forse anco per lo sconcerto morale che andava crescendo ognora più. Di tutte le cerimonie della funzione non restò negli ultimi tempi della Repubblica, che l'annua visita del Doge a Santa Maria Formosa.

Se il racconto per me fatto del rapimento delle spose Venete non avesse soddisfatto appieno alla curiosità dei miei lettori, ponno essi ricorrere a parecchi scrittori, che trattarono lo stesso soggetto in prosa ed in verso. Ma non giungeranno essi a gustare vero piacere, se non leggendo un grazioso poema in sei canti composto dai tre illustri amici Carlo Gozzi, Daniele Farsetti e Sebastiano Crotta. Ciascun di essi prese sopra di se il lavoro di due canti, e al Gozzi fu lasciata inoltre la cura di comporre gli argomenti. Nelle opere di stampa di questo ultimo i suoi due canti si trovano; ma i quattro altri dei due bravi patrizj non si divulgarono. Cagione di tal mancanza fu la modestia del Crotta, che vi si oppose. L'amicizia rifugge di accusare un uomo ripieno di fino spirito, e dottrina, e dettato di quei doni, che il rendono caro alle anime oneste: tuttavia non può frenarsi di far altamente suonare i suoi lagni per una privazione sì amara. È questo il caso, in cui la modestia si trasforma in difetto. Perchè avvien mai, che coloro a cui meno si può perdonare di averla, sieno appunto quelli, che la portano ad un eccesso sì pregiudicevole ai nostri piaceri? Buon per noi, che il poema tutto intero venne con gran diligenza ricopiato per mano del Farsetti stesso, e puossi vedere nella pubblica Biblioteca di San

Marco, sotto la custodia del celebre Bibliotecario Morelli, il quale col suo sapere ne forma il principale ornamento.

Festa per la vittoria

RIPORTATA SOPRA I TARTARI UGRI.

L'imbecillità de' discendenti di Carlo Magno colla morte di Carlo il Calvo fece terminar l'impero Francese in Italia. Allora si fu, che molti principi disputandosi la Signoria di questa bella parte d'Europa, le riaprirono quelle piaghe, che mai sempre l'afflissero, e che per isciagura l'affliggono tuttavia. Sembrò essere suo destino il dar fama a quella nazione che dovea renderla più infelice. Quasi non fossero state assai le calamità che sin allora avevanla oppressa, si videro nell'anno 888 lanciarsi su i nostri ameni e fertili campi immense torme di mostri peggiori ancora di quanti barbari ne' secoli precedenti gli avevano devastati. Erano questi i Tartari Ugri o Ungri, popolo feroce, crudele, avido di bottino, senza freno di leggi, che sacrificava uomini e donne alle sue deità, che si abbeverava nel sangue degli uccisi nemici, e se ne mangiava il cuore per medicina. Percorsa di ciò la fama, i Veneziani, memori delle sciagure già sofferte dai vicini, e del loro stesso pericolo, pensarono a tempo alla propria sicurezza. Il Doge allora regnante Pietro Tribuno propose i mezzi di prevenire qualunque attentato. Fece egli fortificare il quartiere d'Olivolo, che per ciò acquistò il nome di Castello. Innalzò quivi una muraglia, che estendendosi lungo tutta la odierna riva degli Schiavoni, e radendo il Canal Grande, arrivava sino a Santa Maria Zobenico. Durante la notte ordinò che si tirasse una grossa catena di ferro da quest'ultimo punto sino alla Carità, con che attraversavasi il Canal Grande in modo da non potervisi passare. Comprovò il fatto quanto saggia fosse stata simile previdenza; poichè dopo che que' barbari aveano messo in fuga gli eserciti fra di loro belligeranti dei Duchi del Friuli e di Spoleto, e portato il ferro ed il fuoco in tutta la Lombardia, rivolsero le loro mire anche sopra Venezia. Avevano udito parlare di questo paese fatto ricco dal commercio, ed atto a somministrare largo bottino. Tanto bastò perchè se ne invogliassero. Quindi è che Venezia corse allora maggior pericolo di quello che provato avea nella guerra contro Pipino, la cui memoria durava ancor fresca. L'antica Eraclea, o Città-nuova, fu la prima a sperimentare la inumana ingordigia degli Ugri. Depredati i tesori, uccisi gli uomini, arse le case, da per tutto rimase la miseranda impronta della costoro brutalità. Trattarono in simil guisa Equilio, Capo d'Argine e Chioggia; ma non potevano rimaner sazj, se non facevano guasto eguale anche in Venezia. A tal fine posero in ordine le loro barchette portatili, che chiamavano Scafe, tessute di vinchi, o assi sottilissimi, coperte di pelli non concie. Con queste erano usi varcar non solo il Danubio ed altri fiumi più rapidi, ma persino navigare sui mari, sempre corseggiando e predando. Aggiunte alle Scafe quante alte barche poterono raccogliere dai vicini fiumi, s'accinsero a tragittar le lagune, ch'erano il solo inciampo che si frapponesse alla loro conquista. Alle prime minaccie, l'idea spaventevole, che regnava di que' Cannibali, fece provare a tutta la città le più mortali ambasce. Ma ben presto i bravi isolani si riebbero dal primo sbigottimento, avvertendo, che quanto più grande era il rischio, e terribile il nemico, tanto più conveniva armarsi di coraggio, e mostrare al mondo tutto qual potere abbia su anime Repubblicane l'amor della patria e della natìa indipendenza. Non dovevano essi essere men fortunati de' loro padri, che di recente avevano vinto su queste stesse acque un re potente con que' suoi valorosi Francesi soggiogatore di quasi tutta l'Europa. I nemici, quando pur fossero formidabili in terra, nol potevano essere del pari del mare, ove fu uopo non solo forza ed ardire, ma intelligenza ed ingegno. Animati così da un sentimento concorde i Veneziani allestiscono di tutto punto una flotta; il fior della gioventù la riempie; il Doge stesso ne prende il comando, e tutti intrepidi si avviano verso Albiola ad attaccare il nemico. Volano quinci e quindi acutissime freccie, ma il mareggiare dell'onde comincia a dare il vantaggio ai

Veneziani, giacchè per esso gli Ugri mal ponno reggersi in piedi sulle picciole loro barche. Il loro ordine di battaglia viene sconcertato e vanno perduti all'aria i loro colpi. I nostri al contrario avvezzi all'agitazione dell'acqua, e pratici al maneggio delle vele, tirano i colpi ben aggiustati, nè ve n'ha neppur uno che vada fallito. Fatti poscia alcuni movimenti di tutta la flotta, investono il nemico di fronte, il tormentano ne' fianchi, il flagellano in ischiena. Gli Ugri avvezzi alla vittoria resistono con ostinazione rabbiosa, ma sono costretti a cedere e a fuggire, lasciando le lagune coperte di cadaveri e di frantumi di barche.

Vittoria sì segnalata recò il massimo onore al Doge Tribuno, che discese a terra in mezzo alle acclamazioni di tutto il popolo accorso per vedere il suo liberatore. La gloriosissima giornata de' 29 Giugno, consacrata a San Pietro, lasciò a lungo di sè una gradevole rimembranza, poichè venne annualmente solenneggiata con isplendide Feste. Ma quali esse si fossero non sapremmo dirlo, mancandone nelle storie la descrizione, ed essendo state in questi ultimi secoli dimesse. Grandi e magnifiche certo dovettero essere, se concorrevano in numero grande gli Italiani, come alcuni scrittori ci avvertono, non meno per ammirarle e goderle, che per compiacersi del sommo vantaggio, che avevano essi medesimi tratto dal buon esito di questa celebre battaglia. Gli Ugri in fatti sconfitti, svergognati, avviliti, parte montarono su loro carri coperti di pelli, parte montarono in groppa ai loro cavalli, coi quali parevano immedesimati; abbandonando in tutta fretta le nostre contrade se n'andarono a piantarsi nella Pannonia, che da loro fu poscia chiamata Ungheria.

Festa del giorno

DELL'ASCENSIONE.

In quei tempi infelicissimi per la bella Italia, in cui sanguinose guerre la straziavano e desolavano, i soli Veneti isolani godevano della maggior tranquillità, ed erano pacifici navigatori e commercianti; ma ben presto furono essi pure costretti a divenire soldati.

Una popolazione barbara e feroce, dotata dalla natura di una straordinaria forza, era uscita dagli agghiacciati climi della Scizia, e dopo essersi trasferita sulle sponde del mar Nero, erasi divisa in due porzioni, l'una delle quali, valicato il Danubio, venne nel sesto secolo a fermarsi nell'Illirio. Indi acquistando sempre nuovo terreno s'inoltrò fino alle spiaggie dell'Adriatico, e vi eresse Narenta città, che comunicò poscia il proprio nome a tutta la nazione. Fortificatisi i Narentani in quel sito, pigliarono sempre maggior animo: penetrarono a mano armata nell'Istria, costrussero vascelli, e si diedero ad esercitare la pirateria per tutto il golfo. Non tardarono i nostri a provarne i tristi effetti, e furono obbligati ad armare legni da guerra, onde proteggere il proprio commercio e la navigazione. Ebbero allora principio quelle zuffe così frequenti e feroci, e quella guerra sì lunga ed ostinata, che durò per più secoli. Alla fine poi le città situate sulle coste dell'Istria e della Dalmazia, stanche dalle continue incursioni di que' barbari, e prive di una forza navale sufficiente a distruggerli, si volsero di comune consenso ad impetrar l'ajuto della possente Repubblica di Venezia, promettendo di dedicarsi a lei, qualora venissero liberate dalle vessazioni di que' pirati. Spediti a tale oggetto alcuni oratori a Venezia, venne l'invito di que' popoli accolto con quel giubilo, che può ispirare una favorevole occasione di prender vendetta di un antico nemico, e di ampliare al tempo stesso il proprio dominio. Furono dunque promessi i richiesti soccorsi; e senza indugio posta in ordine una forte squadra, e il Doge Pietro Orseolo II volle esserne il condottiere. Salpò dal porto il dì dell'Ascensione l'anno 997 e a vele gonfie si recò in Istria, ove venne incontrato colle più vive acclamazioni, e salutato da tutti gli abitanti per loro vero liberatore. Ricevette egli il giuramento di fedeltà dai nuovi sudditi, lietissimi di sottomettersi ad una ben augurata Repubblica. Lo stesso avvenne in Dalmazia. Giunto il Doge a Zara, trovò il popolo, che affollato lo stava aspettando, e tutti i cittadini con trasporto di gioja offrirono sè stessi, le città, le pubbliche e le private fortune al Veneto Dominio.

Non meno dell'ingresso del Doge fu pomposa, rispetto a que' tempi e a que' luoghi, la cerimonia colla quale egli accolse gli oratori di tutte le altre città Dalmate ansiose di presentargli i contrassegni della spontanea lor dedizione. Diritto di conquista, che sei tu mai al paragone dei voti unanimi di un intero popolo, che di proprio moto si spoglia della sua sovranità per deporla nelle mani di un altro popolo? Un tale esempio fu seguito dalle Isole adiacenti a quella costiera, tranne però due che se ne mostrarono ritrose, cioè Curzola, un dì chiamata Corcira nera, e Liesina, altre volte detta Faro. Riuscendo queste un ricovero troppo vantaggioso ai Narentani, non doveva il Doge soffrire che volessero sottrarsi al comune destino. Usò nondimeno in prima le esortazioni e gl'inviti; venne poscia alle minaccie, ma nulla giovando, fu costretto necessariamente di ricorrere alla forza delle armi.

 Curzola siccome debole e mal difesa, ben presto si arrese; ma non così Liesina. Per vincere la sua rocca posta sopra rupi scoscese, cinta da mura inaccessibili, e inoltre guardata da un copioso presidio di Narentini, non ci voleva meno di un formale assalto. Orseolo tosto fece i suoi approcci in buon ordine, e dispose ogni cosa da prode capitano. Dato il segnale, e soldati e marinaj fanno a gara per immortalarsi in valore. L'assalto divien generale, furioso, tremendo. Tutto cede, tutto fugge dinanzi ai nostri gloriosi stendardi, e la città è ridotta ad implorare misericordia. Rovesciato questo antemurale de' barbari, Orseolo non tardò a portare la strage nel seno del loro proprio paese. Borghi, città, castella tutto fu atterrato, distrutto. I miseri Narentani, ridotti alla disperazione, chiedono la pace ad ogni costo. Il Doge accordolla, ma esigendo condizioni sì gravose pe' vinti, che fu tolto a questi per sempre il poter di risorgere. In fatti d'indi in poi non si udì più parlare de' loro ladronecci, e il mare restò libero ai Veneziani.

Terminata così la più bella impresa, che dopo la nascita della Repubblica si fosse mai eseguita, Orseolo ritornò con lo spirito più tranquillo a visitare quello spazio di circa 350 miglia, che aveva prima trascorso colla rapidità di un guerriero, che vola a combattere. In niun luogo pose Preside o guarnigione; non violò in alcun conto l'autonomia, nè alterò le pratiche ed i costumi degli abitanti, e compiacquesi d'indi in poi di riguardarli come socj ed alleati, non come vinti o sudditi. Bella politica in vero, e molto accorta degli Avi nostri, i quali ben conoscevano, che non solo i popoli colla forza sottomessi, ma quelli ancora, che spontanei si dedicano a lungo andare non senza qualche ribrezzo portano il giogo, ond'è per avvezzarli insensibilmente, conviene da prima far loro credere tutto al contrario, lusingare le loro passioni, e conservare intatti, il più che si può, fin anco i nomi delle cose. Orseolo conchiuse un trattato, in cui si stabilì, che ogni città avesse a pagare un annuo tributo alla Repubblica; che in caso di guerra dovesse ciascuna somministrare un certo numero di marinaj, di soldati e di vascelli, e che i mercadanti Veneziani entrati nei porti e sulle terre dell'Istria e della Dalmazia, avessero a godere piena sicurezza, ed ogni maggior vantaggio per l'esito delle loro merci; siccome la Repubblica per sua parte promise eguali privilegi a tutti gl'Istriani e Dalmati, che per cagion di commercio avessero approdato a Venezia, ed alle lor Patrie ampla protezione e difesa contro ogni loro nemico.

Avendo così poste le cose nel miglior ordine possibile, Orseolo ricondusse a Venezia la valorosa sua flotta e convocata un'Assemblea generale, quivi con tutta semplicità fece il ragguaglio della sua spedizione, a cui seguirono le grida di applauso, di ammirazione, di riconoscenza. Non vi avea chi non serbasse in mente la memoria dei danni sofferti, le tramate insidie, le prese de' vascelli e delle loro merci, la schiavitù e persin la morte de' loro congiunti ed amici; e lo scorgersi salvi per sempre da tali pericoli, era per tutti un motivo di straordinaria esultanza. Nè meno consolante fu l'acquisto di tutta la costa marittima, che si estende dall'Istria sino ai confini della Dalmazia, compresevi le Isole adiacenti, talchè il popolo con voto unanime stabilì, che il Doge Orseolo e i suoi successori assumessero per l'avvenire, negli atti pubblici, il titolo di Doge di Venezia e della Dalmazia. Si volle inoltre, che la memoria di un impresa tanto segnalata, che avea dato ai Veneziani il dominio del Golfo, come in epoche anteriori l'avevano avuto e Pelasgi, ed Etruschi, e Adriesi, si rinnovasse ogni anno con una solenne visita, che il Doge farebbe al mare. Non senza avvedimento fu scelto a tal oggetto il giorno dell'Ascensione giacchè in tal dì era uscita dal porto la flotta, che s'era di tanta gloria coperta. D'indi in poi il Doge nel giorno dell'Ascensione montato sopra un vascello distinto, e accompagnato dal Vescovo, da' suoi Consiglieri, dai principali membri della nazione, anzi quasi dalla nazione intera, usciva dal porto di Lido, e praticava certe cerimonie adattate a' que' tempi di semplicità e di moderazione. Ecco l'origine vera, o l'epoca incontrastabile della famosa visita, che il Doge faceva al mare. Lasciamo pure alla fervida fantasia straniera l'attribuire la sua instituzione al fine politico di tener con essa gli animi de' cittadini distratti dalle interne discordie, che potevano a quella stagione dell'anno più vive emergere, per esser tempo di mutazioni di cariche, e di potere insieme, in mezzo all'ebbrezza del comun giubilo strappar meglio i segreti del popolo, spiarne la condotta, conoscerne i cuori. Chi mai udì dire, che solo in maggio si cambiassero le cariche? Quale fra' detrattori del nome Veneto immaginò mai più bizzarro impasto di assurde calunnie e di ridicolaggini?

Per lo spazio di 180 anni si celebrò, a quel modo che abbiamo detto, la Festa. Al terminar di questo periodo, ne' diciasette ultimi anni, l'impero cristiano venne conturbato dallo scandalo di uno scisma, che nacque dall'elezione di due Pontefici, i quali egualmente pretendevano al Triregno. Alessandro III era stato eletto Papa dai voti unanimi del Conclave; ma l'Imperator Federico Barbarossa per l'odio che gli portava, fece proclamarne un altro da due Cardinali. Indi con suo decreto bandì Alessandro dall'Italia, e scagliò minacce contro chiunque avesse osato prendere le sue parti. Allora fu che si videro e Vescovi, e Prelati, e persino il Sommo Pontefice, venire a Venezia per rifuggirvisi. Quando si seppe il di lui arrivo, gli furono resi tutti gli onori, ed ognuno spiegò la più viva brama di vederlo rimesso alla venerazione del mondo cristiano. Il Governo di Venezia superiore ad ogni minaccia, spedì all'Imperatore deputati ed oratori per procurar di calmare il suo odio contro Alessandro. Furono questi sì fortunati, che ottennero di farlo riconoscere per vero Pontefice, e di conciliare la pace fra l'impero e la chiesa. Venne stabilito un incontro a Venezia dell'Imperatore col Papa; la qual cosa empì di giubilo i nostri buoni Isolani. Federico si mise subito in viaggio: arrivato a Chioggia, trovò sei galere Veneziane destinate a condurlo in città. Anche prima d'imbarcarsi ricevette l'assoluzione delle censure da tre Cardinali spediti dal Papa. Questi lo attese nella chiesa di San Marco vestito pontificalmente, sedendo in mezzo a' suoi cardinali a' suoi Prelati, ed in faccia a tutto il popolo di Venezia. Allorchè Federico giunse in chiesa andò umilmente a prostrarglisi ai piedi, ed ei tosto lo alzò, lo abbracciò, e gli diede l'apostolica benedizione.

Questo è ciò che intorno a tale incontro ci offre di più certo la primitiva Storia. V'ebbero poscia degli scrittori, che co' loro racconti favolosi porsero soggetto a non men favolose pitture. Quindi è che tanto nella sala dell'attuale pubblica Biblioteca di Venezia, quanto nel palazzo della famiglia Rolandi di Siena, da cui era uscito Papa Alessandro, ed anche nel Vaticano di Roma, venne rappresentata una gran battaglia navale fra i Veneziani e Federico; ed inoltre alcune bizzarre ed esagerate cerimonie della di lui riconciliazione col Pontefice. La verità è, che in tale occasione nè battaglie, nè vittorie ebbero luogo. Nè Federico aveva forze marittime atte a resistere alle nostre, nè il di lui figlio Ottone era allora in età di poter comandare. Com'è dunque probabile, che i Veneziani, fatto avendo prigione questo giovine principe, si valessero di lui per rappacificare col Papa l'Imperatore suo padre? In mezzo a tanti e sì mal fondati racconti tengasi solo per fermo, che il buon esito dell'accennata mediazione, e lo splendido trattamento fatto dalla Repubblica all'Imperatore ed al Papa, moltissimo accrebbe in Europa la di lei riputazione. Non arrechi quindi stupore, se Alessandro pensò ricompensare alla sua foggia i Veneziani, ricolmandoli d'indulgenze, e se essi conoscendosi benemeriti della Santa Sede, s'indussero a pregarlo di voler loro concedere l'investitura dell'Adriatico, di cui però da quasi due secoli potevano chiamarsi signori. Tale richiesta, che parrebbe oggidì ridicola, nulla avea di strano in que' tempi, quando l'autorità del Vicario di Cristo era sì rispettata, che i principi cristiani non credevano abbastanza legittimi i loro diritti, e le loro pretensioni, nè bene assicurato sul capo il diadema senza l'approvazione pontificia. E in quanto al Papa, nulla di più caro per esso, quanto l'aver occasione di esercitare un simile atto della sua possanza. E siccome poi il simbolo di ogni investitura era l'anello, così egli uno ne diede al Doge di Venezia, con cui sposasse il mare, e desiderò, che a quella prima solennità della visita quest'altra fosse aggiunta dell'investitura, sotto l'immagine di sponsali. Egli è per questo, che allora quando il vascello Ducale era giunto alla bocca del porto, si volgeva al mare colla poppa, e il Vescovo benediceva l'anello nuziale, e presentavalo al Doge; indi versava un gran vaso di acqua santa nel luogo dove dovea cadere l'anello, e il Doge gettandovelo pronunziava in latino queste parole: Mare, noi ti sposiamo in segno del nostro vero e perpetuo dominio.

Simile costumanza venne da parecchi riguardata non solo come bizzarra, ma come ridicola. Pure il filosofo osservatore deve considerarla come saggia, provvida e umana. E chi non sa quanto questa idea di dominio sia propria a risvegliare in ogni uomo sublimi sentimenti e straordinario entusiasmo? Per renderla poi più sensibile, e in certo modo più palpabile anche alle anime rozze e volgari, qual migliore spediente potevasi immaginare, quanto un'augusta cerimonia, il cui simbolo richiamasse in mente quella del matrimonio? Per essa ricordavasi, che il vincolo tra Venezia e l'Adriatico era non meno stretto e indissolubile di quel santo vincolo, che insieme congiunge due sposi, e che siccome tra due sposi devono perpetuamente avvicendarsi i servigi, le difese, gli ajuti, così in questa coppia allegorica dovea regnar sempre un generoso scambio di uffizj. Era il mare sorgente di sicurezza, di opulenza, di gloria alla nostra città, e se in essa diveniva sacro il dovere d'impiegar tutte le sue cure, e gli sforzi maggiori per assicurarsi tanti benefizj, proteggendo la libertà delle sue acque, d'altra parte era giusto, che ad esso tributasse solennemente i sentimenti di pubblica riconoscenza. Ma quel versare l'acqua santa, e quel benedire le volubili onde non era egli un atto di religiosa invocazione in pro di quelli, che dovevano esporvisi, ed un bel presagio di prosperità per lo Stato? O non potrebbesi anche prendere per un segno di pietosa riconoscenza verso i nostri sventurati concittadini, che dentro quelle onde giacciono sommersi? Volgendo infatti il pensiero sopra tutti i disastri della navigazione, e sopra il numero degl'infelici ingojati dal mare, senza godere dell'onor del sepolcro, senza l'accompagnamento di preci ed esequie, senza il fumo di odorosi incensi che consoli le loro ombre, senza che la mano dell'amicizia scolpir possa i loro nomi amati sopra di quella mobile e profonda tomba, non è fuor di ragione, che ottenere dovessero questo tenero addio dalla patria, e ricevere questo Asperges divoto in quel loro comune vastissimo cimiterio.

Ma per ritornare a questo giorno sì rinomato, esso anche in antico fu detto la Festa della Sensa cioè dell'Ascensione. Concorrevano a Venezia in folla i forestieri sino dal tempo delle Crociate, essendo quella la stagione, in cui i pellegrini usavano fare il passaggio di Terra-Santa. Quando poi la navigazione ed il commercio si dilatarono, e lo Stato andò crescendo in potenza, allora il marittimo spettacolo prese l'aspetto di un solenne trionfo, quale certo non sarebbesi potuto vedere altrove, e la cui fama si sparse per tutto il mondo. Il giorno dell'Ascensione era veramente quello in cui il Doge si presentava al pubblico in tutta la pompa, e come capo supremo della più ricca e florida tra le Repubbliche. Accompagnato dalla Signoria, dal Senato, e pressocchè da tutto il Maggior Consiglio, andava ogni anno a rinnovare il possesso di quel Golfo, che le Venete vittorie avevano sottomesso allo Stato. Gli ambasciatori delle primarie corti d'Europa assistevano pur essi a questa singolar cerimonia, e seduti presso sua Serenità parevano in qualche modo sanzionare quest'atto di antico possesso, confermare i diritti della Repubblica, e applaudire alla gloria de' suoi fasti.

Anche il naviglio destinato pel Doge venne costrutto e portato ad un grado di ricchezza e di magnificenza sorprendente. Chiamossi Bucintoro, nome che alcuni credono essere una corruzione di Ducentorum, perchè allora quando nel 1311 dal Senato fu dato l'ordine di fabbricarlo, si disse nella legge: quod fabricetur navilium ducentorum hominum, cioè della portata di ducento uomini. Altri fanno derivar questo nome da Bicentauro, per essere grande il doppio di quella nave detta Centauro, di cui parla Virgilio nella descrizione de' giuochi funebri celebrati da Enea per onorare la morte del padre. Ma poco monta infine il fantasticare sul nome. Alla gran macchina fu a bella posta dato una forma straordinaria fra' vascelli. La distribuzione dell'interno corrispondeva egregiamente all'uso, e la sontuosità degli ornamenti era del pari degna del glorioso suo oggetto. Lunga 100 piedi, e larga 21, in due piani distinguevasi questa reggia galleggiante sull'acque. Nell'inferiore stavano i remiganti; il superiore poi coperto di velluto cremisino ornato di frange galloni e fiocchi d'oro, formava un salone di tutta la lunghezza del naviglio. Il salone innalzavasi verso la poppa, in capo alla quale trovavasi un apposito finestrino, da cui il Principe gettava l'anello in mare. Questo pertugio stava dietro alla ricchissima sedia del Doge collocata sopra due gradini. La poppa rappresentava una Vittoria navale co' suoi trofei. Due bambini sostenevano una conchiglia, che formava il baldacchino Ducale. Sì dall'una parte che dall'altra del seggio, eranvi due figure rappresentanti la Prudenza e la Forza, volendosi intender con ciò, che la mente ed il braccio sono i veri sostegni del principato. Vicino ai gradini erano i sedili pur essi magnificamente apparecchiati ad uso del Patriarca, degli Ambasciatori, della Signorìa e de' Governatori dell'arsenale. Per indicar poi che mediante la coltura delle scienze e delle arti, un popolo potente si acquista maggior considerazione, ed accresce la sua felicità, la parte di questa sala che serviva come di tribuna al trono, era coperta di bassirilievi dorati, fra i quali distinguevasi Apollo in mezzo alle Muse, di cui il Bucintoro poteva a ragione essere riguardato come il tempio. Sulle pareti di tutto il restante vedevansi, pure in basso-rilievo, le Virtù, e quelle Arti che servono alla costruzione de' vascelli, non che quelle, che ricreano gli spiriti da gravi cure occupati, come sono la pesca, la caccia e simili; il tutto distribuito con isquisita eleganza, resa più cospicua dalla somma profusione d'oro. Il numeroso corteggio del Doge era in questo caso accresciuto dai forastieri più illustri, che ambivano l'onore di essere del seguito del Principe. Essi misti ai Magistrati occupavano le due ale della sala, ora stando seduti sopra le panche, ora godendo la vista dello spettacolo affacciati a qualunque delle 48 finestre, ond'erano traforati i fianchi del naviglio. Sulla prua la statua colossale della Giustizia, Dea tutelare d'ogni ben regolato governo, attraeva a sè gli sguardi de' sudditi della Repubblica, che ne facevano giulivi l'applicazione. In fine riguardando il complesso del Bucintoro, potremo dir francamente, che giammai forse la pubblica Maestà si scelse un albergo tanto proprio di lei quanto questo; nè per la via de' sensi essa instillò mai negli animi tanta venerazione di sè, quanta allorchè si accoglieva tra l'oro e la pompa di sì portentoso naviglio.

Tenerezza poi e giubilo aggiungeva il vederlo mosso e fiancheggiato dalla classe de' primi abitatori di queste lagune, che spontanea e senza mercede alcuna accorreva colle sue apposite barche giocondamente a rimorchiarlo, sopravvegghiando a' suoi movimenti per ogni accidental cangiamento di venti e di meteore.

 Oltre li rimorchi che lo traevano, avea 168 remiganti molto opportuni ad agevolare il maestoso suo corso. Non erano essi nè galeotti, nè marinaj, nè gondolieri; ma bensì gli unici Arsenalotti, cioè que' membri, che componevano la famiglia prediletta della Repubblica, che con sì soave e dolce nome erano chiamati, e col quale eglino stessi chiamavansi con una specie di vanità derivante da veracissimo attaccamento. Essi ambirono ed ottennero il privilegio di condurre il Doge a tali nozze, ed abbandonati in questa sola occasione i loro giornalieri stromenti, non isdegnavano, seduti sulle panche d'impugnare a quattro il remo, godendosi a gara de' loro inusitati sforzi, e de' loro anniversarj sudori.

Seguivano a lento corso il Bucintoro numerose Galee, non solo per aumentar la pompa dello spettacolo, ma più ancora per richiamare alla memoria de' veri patriotti, che segnatamente su simili bastimenti gli Avi nostri, mercè delle più ardite navigazioni, e delle imprese le più difficili, avevano portato la Patria all'apice della gloria, mentre le potenze marittime, che sono grandi oggidì, radevano appena con batelli le coste de' fiumi.

Certe grosse barche dorate del Dominio seguivano dappresso il Bucintoro. Esse in questo giorno, ed anche in qualche altro solenne, servivano a comodo del Patriarca e degli Ambasciatori.

Aumentavano il corteggio lancie, canots, caicchi spettanti agli Uffiziali di mare; e tutti questi legni erano sfarzosamente apparecchiati.

Il Doge de' Nicolotti, cioè degli abitatori della contrada di San Nicolò, aveva esso pure una barca particolare per sè. Questo capo di una classe utilissima di que' pescatori, che abbiamo veduto figurare come rimorchianti, godeva molti privilegi, fra i quali avea l'onor di seguire il Bucintoro, e di sopravvegghiare a' suoi subalterni.

Anche i capi principali dell'arte Vetraia e delle Conterìe, dalle quali arti traevasi un grandissimo vantaggio nel commercio, avevano il privilegio in tal giorno di accompagnare il Doge. Seduti in una peota ornata a loro spese, avevano l'ambizione di farsi osservare ed ammirare per il buon gusto e per la molta magnificenza. Ed in vero eravi sempre motivo d'applaudir vivamente all'industria di questi ingegnosi ed utilissimi abitatori dell'isola di Murano.

Ciò poi che animava nel modo più brillante la Festa, era l'infinita quantità di barchette di ogni fatta, che quasi tutte ricoprivano la laguna da San Marco sino al Lido, dalle quali venivano spesso scelti concerti musicali. Non solamente la nobiltà e gli opulenti cittadini concorrevano a gara nelle loro barche e peote, ma persino le diverse classi del popolo artigiano ornavano a festa dei battelli con festoni di fiori, e sopra tutto con corone di alloro, pianta cara agli Dei ed agli Eroi, e di cui il popolo Veneto impiegava sempre le foglie immortali come contrassegno sicuro dell'universale allegrezza. Le grida di gioja di questo felice popolo mescevansi insieme cogli spari dell'artiglieria de' vascelli sì pubblici, che mercantili ancorati, paviglionati, sfilati, che facevano ala all'illustre comitiva, e le rendevano il militar saluto. In mezzo al lampo, al rimbombo guerriero, in mezzo ai vortici del fumo, e sopra que' flutti vivamente agitati, le ninfe dell'Adriatico passavano sì intrepide, che si sarebbero potute prendere per Amazzoni, se la loro agile gondoletta, l'eleganza del lor vestito e la voluttuosa lor giacitura non le avessero fatte riconoscere per le legittime figlie della bella Dea nata da quelle onde medesime, ch'esse sì mollemente solcavano.

 Così accompagnato il Doge rientrava nel suo palazzo, dove tratteneva a pranzo tutti i Magistrati che si erano trovati nel Bucintoro.

Altri spettacoli v'erano in questo giorno; essi troveranno il lor luogo. Non volli qui parlare che dello sposalizio del Doge col mare; di quella Festa sì celebre, che per l'applauso popolare e il gran concorso di gente sembrava ogni anno improvvisa e novella, benchè per tanti secoli ripetuta. Essa non era altrimenti la Festa di pochi fastosi ricchi, ma di tutti indistintamente i cittadini, che vi concorrevano spontanei, e mossi non meno da particolare zelo, che da spirito di nazionale orgoglio; e le loro acclamazioni non erano prezzolate e bugiarde, ma figlie di quel sentimento patriottico, che nasce dalla personal sicurezza e dalla gloria dello Stato.

DELL'ASCENSIONE.

Dalla pubblica solennità del giorno dell'Ascensione non può andar disgiunto il ragguaglio della Fiera o Mercato, che in tal tempo usavasi tenere in Venezia. Oso sperare, che non vi sarà chi mi gravi di colpa, se dovendo parlare di arti e di mestieri nazionali il mio amor patrio mi farà deviare alquanto dal soggetto primario, e retrocedere col discorso fino alle epoche più rimote della nostra storia per meglio indagare e scoprire di queste arti e di questi mestieri l'origine. Gioveranno tali ricerche a convincerci che questi oggetti figli dell'intelligenza e dell'industria de' secoli precedenti, lungi dall'essersi perduti in Venezia, come altrove, per le successive incursioni barbariche, qui fin da' primi tempi conservavansi in vita, e col progredire degli anni vennero di mano in mano acquistando un sempre maggiore incremento.

Una nazione che si andò formando in queste lagune mercè del prodigioso concorso di quanti uomini vi avea nelle vicine, ed anche nelle lontane regioni, e per dovizie e per nobiltà più riputati, non è strano che ritenesse qualche scintilla di coltura anche in mezzo alle tenebre della comune ignoranza. Le arti e le scienze accompagnano sempre il grande ed il ricco, non mai l'abbietto ed il povero. Ma a sostenerle in qualche credito tra i Veneziani, e a farle prosperare qui più rapidamente che altrove, si aggiunse quel gran maestro di ogni arte e largitore d'ingegno; il bisogno. La posizione marittima di queste isolette sterili per sé, e staccate dal continente esigeva dai primi abitanti uno studio ed un'attenzione affatto diversa da quella di tutti gli altri popoli, per procacciarsi le cose di prima necessità come a dire, il cibo, la bevanda, e l'abitazione. A tal fine di fatto essi posero in opera tutta quella sollecitudine e quell'industria, di cui eran capaci; ed è appunto la descrizione di questi sforzi, che diverrà il soggetto del quadro, che mi sono prefissa di presentare, colla lusinga che per la sua singolarità non abbia a riuscir punto discaro.

Il frumento e l'altre biade si considerarono sempre presso tutti i popoli non selvaggi, come la nutrizione la più necessaria e la più utile per l'uomo. Insino a tanto che la popolazione di queste isole per esser piccola non ne faceva gran consumo, i mulini a braccio bastavano per la macinatura de' grani; ma allorchè crebbe il numero, questo mezzo non fu sufficiente, e convenne inventarne di nuovi. La natural perspicacia, e la replicata considerazione fecero comprendere, che dal flusso e riflusso del mare poteansi trarre que' vantaggi medesimi, che procurati ci vengono dal corso de' rivi e de' fiumi. Ben in ciò più filosofi del grand'Aristotele, che non potendo rilevar la ragione del flusso e riflusso dell'Euripo, affatto simile a quel di Venezia, si morì disperato; anzi v'ha chi pretende, ch'egli si lanciasse in quelle acque, dicendo di voler essere compreso da ciò ch'egli non potea comprendere. Malgrado però della nostra sì utile osservazione del flusso e riflusso, quanti ostacoli non aveva il genio da superare per la costruzione di mulini, il cui meccanismo esser dovea dagli altri tanto diverso? Qui non potevansi fondare che sopra un terreno paludoso e molliccio, e le ruote dovevano ora dall'una parte, or dall'altra girare, per cogliere la direzione dell'acqua variantesi ad ogni sei ore; e questo stesso periodico cangiamento di corso soffre talvolta alterazioni notabili; poichè la maggiore o minore durata della marea, e la sua maggiore o minore velocità dipende spesso dalla diversità delle influenze e delle stagioni. Dalle traccie che troviamo negli scrittori si conosce, che tutto fu preveduto, a tutto fu rimediato. Si scelsero i rialti di melma più solidi, e sopra essi si costrussero le case contenenti l'Acquimolo, o sia macina. Erano queste altrettante isolette in mezzo ad un gran bacino, cui si diede il nome di Lago. Due canali o acquedotti scoperti chiamati Forme, e destinati a ricevere in sè le ruote del mulino, fiancheggiavano l'edificio. Avevano essi di necessità opposto il declivio, e le loro imboccature erano per conseguenza rivolte a parti opposte, cosicchè or l'uno or l'altra ricevendo e regurgitando a vicenda l'acqua marina secondo il variar del suo corso, faceanla precipitare or su questa or su quella ruota, ed in tal maniera, sia che il mar si gonfiasse, sia che refluisse, non mai restava ozioso il mulino. Varj documenti attestano, che fino dal nono secolo v'aveano molti di questi mulini nelle nostre lagune. Pure i Francesi pretendono essere questa una moderna invenzione, che ad essi appartenga, ed esaltano a cielo i loro mulini costrutti nel porto di Dunkerque. Nel secolo passato vedevansi ancora nel canal di Negroponte, e segnatamente nello stretto dell'Euripo, mulini simili ai nostri. È credibile, che i nostri antenati, padroni di quell'isola, gli avessero anche colà introdotti, e che i Turchi, conosciutane l'utilità, ve gli abbiano conservati. In quanto a quelli delle nostre lagune, esistevano ancora intorno l'anno 1440, ma dopo le conquiste da noi fatte nel Continente, si trovò più comodo di servirsi de' mulini della Terra ferma, e de' fiumi, il che fece trasandar affatto gli antichi.

Non fu meno difficile il vincere la natura, onde procurarsi l'acqua dolce e salutare. Se da principio poteva bastare lo spedire picciole barchette alle foci de' vicini fiumi per approvvigionarsi di un elemento indispensabile a tanti usi della vita, divenne inefficace il ripiego ne' tempi posteriori, quando le isole tutte dell'estuario formicolavano d'abitanti. Il bisogno di raccorre e di conservare le dolci acque piovane e di difenderle dal mescolamento colle salse che da ogni lato ci attorniano, fece immaginare cisterne d'una costruzione del tutto nuova. Nè certamente il merito dell'invenzione può appartenere ad altri che ai Veneziani; poichè ad altri fuori che ad essi non si rese mai necessaria. Furono adunque messe a tributo le grondaje delle case, i cui scoli raccolti in canaletti orizzontali, che formano corona ai tetti, si fecero discendere per alcuni tubi inseriti nel muro, ed invisibili all'occhio, i quali hanno il loro sbocco sotterra. Quivi l'acqua viene raccolta in un ampio recipiente quadrato, le cui alte pareti di creta sono un valido riparo contro gli insulti dell'acqua marina. Tutto il vuoto del gran sotterraneo è riempiuto d'arida sabbia; mercè la quale l'acqua, che in esso sgorga, perde tutto ciò che ha di men puro, prima di passare nella canna, o pozzo propriamente detto, che sta nel centro del recipiente. Usasi formar questo di figura circolare, e di curvi mattoncini sovrapposti l'uno all'altro senza cemento, acciocchè l'umore già depurato dalla sabbia lentamente possa filtrare. Il che con sì buon effetto succede, che noi suoliamo attingere l'acqua sì leggiera e salubre, da non invidiare a chi che sia le migliori sorgenti del continente. Prima che la fabbrica de' pozzi si conducesse a tal perfezione, è da credersi che si facessero non pochi tentativi. È però assai manifesto per le antiche carte, che sino da lontani tempi numerosi pozzi v'aveano in Venezia sì privati che pubblici, e questi bastantemente acconci al bisogno, giacchè nè il blocco del re Pipino, nè quello degli Ugri, nè quello ancor più lungo de' Genovesi, valsero a por mai in angustie la nostra città per difetto d'acqua, comecchè tutte le imboccature de' fiumi fossero intercette e gelosamente custodite dal nemico.

Il sale, che fu in ogni tempo considerato per l'uomo il quinto elemento, meritò le medesime cure de' nostri primi isolani. Riconobbero ben presto l'impossibilità di costruir le saline alla stessa foggia degli altri popoli. Conveniva dunque trovarne una affatto diversa. Cominciossi dal cercar un fondo di purissima argilla. Questo si circondò di un muro abbastanza forte all'urto dell'onde, ed abbastanza alto per impedire, ch'esse non mai vi entrassero, per quanto grande fosse il traboccamento del mare. Tutto quel chiuso spazio da prima si asciugò, indi lastricossi di marmo. Nel muro si apersero qua e là dei fori per la necessaria introduzione delle acque, le cui più lievi particelle venendo dalla forza del sole attratte in vapori, rimanevano le altre più pesanti convertite in una dura crosta salina attaccata alla superficie del lastrico. Queste saline così costrutte, ed in luoghi dove la natura stessa proibiva di farlo, erano una delle meraviglie del nostro paese. Esse ebbero la riuscita la più felice; poichè procurarono non solo la quantità di sale occorrente a tutta la popolazione, ma apersero inoltre un ramo di commercio molto esteso, e che i nostri isolani seppero condurre in guisa da render ligia ai loro voleri non solo quasi tutta l'Italia, ma altri popoli ancora, come gli Ungari, i Dalmati, i Greci, che per liberarsi da tal giogo mossero molte guerre. Tutto fu vano, perchè i Veneziani per quasi dieci secoli la vollero a modo loro. Dopo le conquiste che facemmo delle saline dell'Istria e della Grecia, o forse, ciò ch'è più probabile, da che non potemmo più costringere le altre nazioni a comperare il nostro sale, tutte queste Saline scomparvero dalla faccia delle nostre lagune; solo si crede essersene trovato qualche resto nell'atterrare la Chiesa di San Geminiano, e nell'isola di San Giorgio Maggiore, costruendovi il porto franco.

Non è difficile a concepirsi, che dopo tante fatiche per soddisfare ai primi bisogni della vita, non potessero più i nostri Isolani esser paghi di abitare tuttavia modeste e semplici casette, quasi misere capanne. L'opulenza volle qui trovare que' medesimi palagi che aveva abbandonati. Ma come giungere a conseguirli sopra un suolo molle, cedevole, ineguale e che spesse volte pareva totalmente mancare? La destrezza, il coraggio, la pazienza e l'oro sormontarono ogni ostacolo. Cominciossi dall'estendere gli spazj del suolo naturale, coll'assettare lungo i suoi margini alcuni gratticci di vinchi ripieni di terra, ben calcati e industriosamente connessi. In seguito si pensò a riempire di terra affatto tutte quelle conche paludose, e coperte di canne, che qua e là rimanevano sparse fra mezzo le abitazioni; operazioni che piacque al Governo di favorir grandemente, accordando la proprietà di questi nuovi terreni a chiunque avesse saputo in certa guisa crearseli. Essi però non potevano sostener edificj di gran peso senza che si avesse ricorso a qualche altro espediente. Ciò fu il conficcare ad una certa profondità varj ordini di pali di quercia strettamente congiunti fra loro, e rafforzati al bisogno da lunghe travi trasversali, sopra le quali distendendosi grossi panconi si venne a formare un solido piano, attissimo a reggere per infinita serie d'anni le necessarie fondamenta. Chi mai percorrendo oggidì le strade di Venezia potrebbe sospettar di premere un terreno fondato dall'arte, e non, come altrove, dalla natura? E chi non rimane sorpreso dalla grandezza dell'impresa, osservando queste splendide e immense moli di marmo, che s'innalzano sopra masse di suolo avventizio? Nè queste son già opere soltanto degli ultimi secoli. Sin dal 995 il pubblico palazzo venne considerato come cosa assai ragguardevole, e degno che vi albergasse l'Imperatore Ottone, che fu allora in Venezia. I cronisti dell'undecimo secolo esaltano grandemente i palagi maestosi, belli ed ornati, che già esistevano. Sì in questi, come pure nelle case anche mediocri, vi erano i loro cammini, quando in Italia, e nella stessa Roma anche i Signori accendevano il fuoco in mezzo alle stanze, e per un buco cacciavano il fumo. Le forti procelle e venti furiosi delle lagune avranno forse spanto il fumo a segno di cagionare troppo grave incomodo; quindi gli avi nostri saranno venuti alla costruzione dei cammini, che per la loro esterna forma a campana, diversa da quella che poi costumasi altrove sembra assicurare essere cosa nativa, e non appresa da altri. I pavimenti delle case erano anche allora formati la maggior parte, come lo sono oggidì, di quel lastricato, quasi da noi soli usato che chiamasi Terrazzo. Egli è un composto di calce, di mattoni infranti, seminati a capriccio di vario-pinte pietruzzole, il quale indurasi con battitoj, si lustra con olio linaceo, e si liscia colle pomici, e diviene bello e polito. Vedendolo lavorato con tanta perfezione solamente nelle nostre lagune, esso può venire considerato se non come una invenzione assolutamente Veneziana, almeno però come una delle arti, in cui i maggiori nostri si sono distinti; di che ne fanno fede molti avanzi trovati sotto il guasto moderno.

L'arte di fabbricar vascelli non dovette essere men coltivata e accarezzata tra i nostri, di quello che fosse l'arte di costruire edifizj; anzi è a credere, che godesse il privilegio di una maggiore anzianità.

Una popolazione, che non possedeva nè terreni, nè miniere, sarebbesi ridotta ben presto all'estrema miseria, se non avesse pensato ad introdurre per via de' fiumi e del mare un'utile corrispondenza con altre nazioni. I nuovi abitanti abbastanza felici par aver salvato il loro oro dagli artigli de' barbari, tosto portarono lo sguardo sul globo intero, e dissero: «Sia pur l'acqua il nostro principal elemento, e sia sul mare la nostra dimora; noi di tutto godremo mediante il traffico e la navigazione: volgeremo a profitto nostro l'indolenza e l'attività, la schiavitù e l'indipendenza, l'opulenza e la povertà; pur essi i vizj e le virtù degli uomini dirigeremo a vantaggio nostro.» Queste idee così ardite furono il primo passo verso la navigazione ed il commercio. Il ricco vide una nuova sorgente di ricchezza; il povero un nuovo mezzo di sussistenza assai maggiore che quello della caccia, della pesca o del picciolo traffico fluviale; ed entrambi concorsero a formare un popolo di navigatori e commercianti. Alle piccole barche vennero sostituite da prima delle maggiori, e poscia vennero messi in mare navigli capaci di trasferirsi con grossi carichi di mercanzie in paesi ancor più lontani, e di resistere a viaggi di più lungo corso sopra questo formidabile elemento. Fu allora che i nostri isolani si avvidero, che un popolo non può essere navigatore, nè commerciar in grande, senza avere una forza armata che imponga rispetto, e che castigar possa l'altrui violenza e cupidigia. E molto più se ne avvidero trovando sin dai loro principj tutti i mari mal sicuri e pieni di corsali. Dovettero adunque necessariamente armarsi per difendere la loro vita e i loro averi. Nè fu ciò difficile, poichè fin dall'anno 558 attesta Cassiodoro testimonio oculare, ch'essi avevano numerosi navigli, ed arsenali, cantieri e costruttori. Di fatti ben presto si resero celebri da per tutto, non solo come gran trafficanti, ma come guerrieri valorosi. Già nel 729 presero d'assalto Ravenna: nell'804 fecero la guerra contro Pipino con grossi vascelli, come lo assicura il celebre Costantino Porfirogenito: nell'808 andarono a spaventare le coste Dalmate: nell'827 ebbero due forti battaglie contro gli Arabi Saracini, ed alcune contro gli Slavi. Verso la fine del nono secolo riportarono quella vittoria sì celebre nelle nostre lagune sopra gli Ugri o Ungri; e finalmente quella già resa tanto famosa nel 998 sopra i Narentani, che gli umiliò per sempre. Tutto ciò fecero i Veneziani non solamente con semplici galee, ma con navi da 1200 e due mila botti per ciascheduna: misura ch'essi diedero a tali navi, e che venne ricevuta dalle altre nazioni. Queste navi veleggiavano con tre alberi, mentre quelle de' Greci, i quali pur si giudicavano avere la migliore marina, non ne usavano che due. In somma gli stessi storici Greci e Normanni di quel tempo, tuttochè nemici de' Veneziani, chiamavano le nostre navi Fortezze ambulanti, e dicevano che le flotte Veneziane riuscivano terribili sul mare, e che le Venete lagune formicolavano di marinaj, di soldati e di ricchezze. Che se discendiamo ai secoli X, XI, XII, infiniti s'incontreranno gl'irrefragabili testimonj non men del Veneto perfezionamento nell'architettura navale, che del prodigioso numero de' vascelli sì mercantili che da guerra, co' quali essi intrapresero ed eseguirono lunghe e perigliose navigazioni. Basta senz'altro sapere che noi possiamo vantare un Codice marittimo sin dal 1255, quando alcune nazioni, che tanto ora grandeggiano, non potevano forse contare due vascelli sul mare. I Genovesi più che altri, assottigliarono l'ingegno loro per competerla con noi; ma egli è vero però che più la cupidigia delle ricchezze, che l'orgoglio nazionale fu il fomite di quella lor nimicizia, che fece poi da una parte e dall'altra tingere tante volte di sangue l'onde del Mediterraneo e dell'Adriatico. La scoperta del Capo di Buona-Speranza sul fine del quindicesimo secolo pose fine a tanta strage, ma fu pur anco il primo passo della decadenza di tutte le Repubbliche Italiane, compresa la nostra, tuttochè si trovasse allora avere 36000 marinarj, 16000 operaj nell'Arsenale, 330 grandi navi, oltre poi moltissime galee, e gran numero di bastimenti mercantili. Tale scoperta aperse agli altri navigatori un nuovo universo, che parve soddisfare alla loro avidità. A questa l'altra si aggiunse più importante dell'America. Nuova disgrazia, nuovo colpo fatale per la prosperità del nostro commercio; nondimeno ci sostenemmo nel Levante e nell'Egitto. I

Veneziani ben calcolato avevano, che le vere basi della forza marittima soprattutto consistono nell'incoraggire la navigazione mercantile e nel far sì, che il commercio non sia mai sacrificato alla Finanza. Fu questa appunto l'arte che fece tanto fiorire la potenza Veneziana, che le apportò tante illustri vittorie, e che mantenne per quasi mille anni il suo commercio vastissimo e floridissimo.

Le scoperte nelle scienze e nelle arti sono per tal modo legate le une colle altre, che il loro sviluppo è quasi immediato al raffinamento dello spirito umano. Sembra che quegli, al quale toccò afferrare il primo anello di questa catena, si traesse dietro tutte le parti di un immenso tesoro da gran tempo nascosto. Così avvenne dell'arte nautica. Come regolarsi nel corso, come dirigersi in uno spazio, dove altro non iscorgesi, che due superficie eguali, l'aria e l'acqua, che si confondono all'infinito? Di qua dovette cominciare l'uso della Bussola di cui tutti i popoli se ne arrogano l'invenzione. Se ascoltiamo alcuni perspicaci critici, abbiam motivo di sospettare, che antichissima fosse la sua origine, parendo impossibile, che senza di essa e Fenicj, e Ateniesi, e Cartaginesi, e Romani potessero inoltrarsi ne' mari dell'Indie, e rigirare tutta l'Africa; altri penetrare verso il settentrione fino alle isole Cassiteridi, che sono sopra l'Islanda. Ma posciachè nei classici autori non si trova mai fatta menzione di bussola, avviciniamoci a' secoli meno oscuri, e troveremo, che in una spedizione fatta in Terra Santa nel 1248 dal piissimo re di Francia Luigi IX, adoperossi la Marinette, ch'è quanto a dire un ordigno usato per conoscere il nord, la cui descrizione lasciataci da un cronista francese cel fa conoscere essenzialmente consimile alla bussola. Nello stesso tempo seguì il primo viaggio dei due fratelli Veneziani Nicolò e Maffeo Polo nella Tartaria e nella China; è vent'anni appresso il viaggio secondo, nel quale si unì a loro compagno il celebre Marco Polo figlio di Nicolò. Questi per verità nella descrizione dei suoi viaggi non parla di bussola; ma dond'è, che l'opinion comune vuole ch'egli fosse il primo a portar quest'invenzione dalla China, ove da gran tempo era nota, e a divulgarla in Europa? Non sempre le tradizioni volgari vogliono essere poste nel ruolo delle favole. Che se al nostro Polo non si volesse intorno a ciò accordare qualche merito, niuno per certo contenderà ad un altro Veneziano, vo' dire a Sebastiano Cabotta, l'insigne scoperta dell'ago magnetico: scoperta che diede l'ultima perfezione alla bussola.

Or che si dirà dell'astronomia e della geografia, scienze cognate e indivisibili, ed ambedue necessarie alla nautica? In quanto alla prima, come si potrebbe conoscere i varj punti di quel globo che si percorre sopra un instabile elemento, senza andarli a cercare negli oggetti permanenti del cielo? La contemplazione adunque degli astri e delle costellazioni fu quella che da principio indicò la direzione, e quindi i sicuri confini alle dimensioni della terra. E se questo studio fu coltivato dagli antichissimi navigatori siccome indispensabile per non perdersi a guisa di ciechi sull'immensità delle acque, non fu men caro ai Veneziani, comechè la barbarie de' tempi l'avesse quasi universalmente fatto smarrire. Il P. Ximenes assicura che sin dall'anno 873 esso aveva de' cultori in Italia. E chi meglio de' Veneziani doveva farlo fiorire, se, come vedremo, furono essi i primi e i più coraggiosi marinaj fra gl'Italiani, anzi fra gli Europei? Quel Marco Polo, che scorse l'Asia dal Tropico Capricorno sino al Polo Artico, penetrando nella Zona glaciale più in là che alcun altro o prima o poi, inserì nella sua relazione tali osservazioni intorno alla Stella Polare, che ben dimostrano quanto egli tenesse gli occhi studiosamente rivolti verso il cielo. Ma dopo lui non sorsero forse i due fratelli Zeni, che nel 1390, cioè un secolo prima del Colombo scopersero l'America settentrionale e l'Islanda? e un Alvise Cadamosto che nel 1455 scorrendo l'Oceano Atlantico s'avvicinò più di ogni altro all'Equatore? Certamente senza molti lumi astronomici nè un Josafat Barbaro, nè un Ambrogio Contarini, nè un Marin Sanudo, nè il mentovato Cabotta col suo fratello Antonio non si sarebbero spinti tant'oltre, come pur fecero, ritornando salvi dopo molti anni alla patria.

In quanto poi alla geografia, altra scienza importantissima che traccia su brieve carta gli spazj che si devono valicare, e così li rende soggetti ad un facilissimo calcolo, non abbisogniamo di congetture per concedere in essa il primato ai Veneziani. Non vi ha certamente nazione che vanti documenti sì antichi come i nostri, siasi nell'arte di delineare e misurare le vie del mare, e di segnarne le spiaggie ed i porti, siasi nella descrizione de' vasti continenti e delle isole con esatta proporzione delle distanze, e con precisione mirabile nell'indicazione delle rispettive loro figure. Parlano abbastanza in nostro favore e le insigni tavole geografiche del Palazzo Ducale, le quali si vogliono delineate sulle memorie di Marco Polo, e di altri viaggiatori di quel tempo; ed il celebre Planisferio, che trovasi oggidì in questa pubblica Biblioteca, in cui si scorge l'Africa nella vera sua figura di penisola, copiata dalle carte che Marco Polo portò seco dal Kitay sul cominciare del decimoquarto secolo.

Con uno spirito sì illuminato ed un'anima sì intraprendente i Veneziani divennero ben presto i provveditori di tutti i popoli. Essi percorrevano mari e regioni terrestri, mentre le altre nazioni se ne stavano neghittose, ed era per esse il viaggiare un oggetto di tanta importanza che una gita di 80 miglia riguardavasi come affare grandissimo. Prova ne sia quell'aneddoto che quantunque abbastanza noto, mi piace qui di ripetere. Un conte Francese nel 1400 si partì dalle vicinanze di Parigi per andarsene in Borgogna, onde ottenere dall'Abate di Clugnì alcuni Monaci per fondare un monastero nelle proprie terre. Vedendo che l'Abate avea difficoltà di accordarglieli, lo pregò di por mente al lungo e penoso viaggio da lui intrapreso per ottenere tal grazia. Ma l'Abate dopo un maturo esame disse, non bastargli l'animo di esporre i suoi monaci a tanti e sì gravi pericoli del viaggio, per poi domiciliarsi in un paese ad essi affatto ignoto. I Veneziani al contrario andavano da per tutto, facendo cambi utilissimi. Il viaggiator Bruce trovò anche a giorni nostri a Lokeja nel Thama Arabico sopra di Moka i nomi di peso, rotolo, cantara, dramma, oncia, che vi aveano lasciato gli antichi Veneziani; nomi che anche a Massuak sul lido opposto Africano si ripetono tuttavia. Andavano i nostri in Oriente a prendere le spezierie, ed ogni sorta di zucchero, cose di cui i popoli inciviliti non ponno quasi far senza; e per tal modo resero a se stessi tributarie le altre nazioni, e si arricchirono sommamente.

Per un'anima sensibile è cosa in vero assai affliggente, che, percorrendo la storia dello spirito umano, abbiasi a vedere che l'uomo sì sublime nelle sue invenzioni, sì grande nelle sue imprese, la finisca poi sempre coll'avvelenare que' beni che sono il prodotto della sua intelligenza. La sete insaziabile delle ricchezze, l'ambizione di dominare, l'odio, la rivalità, l'egoismo anneriscono con dissensioni e con guerre i più luminosi monumenti della sua gloria. Dopo di aver veduto degl'intraprendenti viaggiatori trasportare i prodotti di un popolo ad un altro popolo, stringere un commercio tranquillo e leale, ed una corrispondenza attiva fra le nazioni le più lontane, li vediamo poscia guardarsi gli uni gli altri come nemici, ambire ciascuno di essere solo a formare il legame del commercio fra le nazioni, armarsi per l'altrui distruzione, e per rapirsi a vicenda i grossi carichi nel punto che attraversano i flutti. Ed ecco ad un pacifico cambio di generi succedere la più sanguinosa pirateria. Già il ferro non è più bastante alla loro rabbia, non abbastanza celeri sono le ferite; il ferro distrugge troppo lentamente, troppo individualmente; conviene sostituirvi il fuoco, la folgore, e già l'artiglieria è inventata. Essa rimbomba su quell'elemento che prima non veniva percosso che da nembi furiosi. Gli antichi scrittori ci parlano di certi sifoni che lanciavano sul nemico globi di fumo e di fuoco. I Greci non altro opposero all'attività de' Saracini che queste macchine dette appunto Fuoco Greco; ma essi ne custodivano inviolabilmente il segreto, ed anzi dichiararono infame ed incapace di pubblici impieghi chiunque lo avesse promulgato. Pure è incontrastabile che i nostri isolani, mediante le loro relazioni co' Greci, giunsero a discoprirlo, e ch'essi se ne servirono con prospero evento sino dal settimo secolo. Ma è vero insieme che ne' tempi posteriori s'imparò meglio la scienza di moltiplicare le materie che entrano nella composizione della polvere d'archibugio, ed a mescolarle in modo da vibrarle con forza mortale; il che non fu che un grado maggiore di perfezionamento. Ma i Veneziani già si valevano dell'artiglieria innanzi alla pretesa epoca della guerra di Chioggia contro i Genovesi. E di vero in quella occasione recarono seco tal numero di cannoni, e si mostrarono sì esperti nel maneggiarli che ben si vide, come essi da gran tempo conoscevano interamente questa macchina. Vadano dunque più guardinghi i Tedeschi nell'attribuire al loro P. Schwartz l'invenzione della polvere d'archibugio; e d'altra parte gl'Inglesi prima di produrre intorno a ciò le loro pretese, pesino un po' meglio le oscure parole del loro Bacone. Giova piuttosto di sì grand'uomo studiar le filosofiche dottrine che cercare nella sua autorità un appoggio sopra un fatto di storia sì ambiguo.

Lungi però i nostri pensieri da sì funeste scoperte. Quanto più diletta il fermarsi sopra gl'innocenti lavori figli di un'industria utile a sè, non disutile agli altri! Conobbero ben presto i nostri isolani che una nazione non può dirsi commerciante se si limita a trafficare soltanto cogli altrui prodotti. Convivendo adunque fra gli artisti e negozianti di Costantinopoli, cioè di quella superba Città ch'era succeduta a Roma nello splendore, si invogliarono di trasportare alla patria le sue arti e i suoi lavori, sperando così di emulare Antiochia, Alessandria, Damasco, città che in grazia delle loro celebrate officine, essi vedevano non senza invidia essere cotanto floride ed opulenti. L'abitudine di scegliere e comperare tutte le cose di lusso per oggetto di guadagno, aveva di già addestrati i loro occhi a valutarne l'intrinseco pregio, e a riconoscerne tosto le forme più o meno eleganti, secondo l'uso del secolo. Inoltre il genio di imitazione, e la natural perspicacia rendevano ad essi non difficile il trasportare nelle opere proprie ciò che vedevano di più raro in quelle degli altri. Quindi è che non si tardò ad introdurre in queste lagune un buon numero di fabbriche che facevano fra loro a gara di superarsi nella perfezione de' proprii lavori. E già sin dal 775 si videro comparire mercadanti Veneziani alla Fiera di Pavia, non solo con merci acquistate in Levante, ma con manifatture di stoffe lavorate nelle nostre isole. Oh quale orgogliosa compiacenza avran essi provato in vedere i Paladini, i Capitani di Carlomagno fastosi per la recente distruzione del regno de' Longobardi, pagar loro un tributo strappato dall'ammirazione! Accorrevano que' prodi in folla a comperar le stoffe, e le drapperie di seta con oro e argento, i panni tinti di viva porpora, i ciambellotti tessuti col morbido pelo delle capre Paflagonie, dette capre di Ancira o sia Angora, li tappeti di Damasco, li cuoj da noi dorati ad uso di fornimento da camera, e simili altri raffinati lavori. Carlo stesso, dice uno storico della sua vita, compiacevasi di portar il robone di stoffa Veneziana. Che più? Le piume di cui avevano spogliati mille uccelli diversi, formavano parte dell'industria di questi novelli artefici. L'arte di sceglierle, di disporle, e forse anco di colorirle valeva a farne degli ornamenti bellissimi, ed i Francesi le acquistavano a caro prezzo, particolarmente perchè i venditori, profittando della loro ignoranza in tutto ciò che non riguardava alle armi, le spacciavano quali piume della favolosa Fenice.

 Queste arti per così dire nascenti non fecero però negliger quelle ch'erano qui stabilite ab antico, anzi concorsero a sempre più perfezionarle. L'arte de' Fabbri Ferraj rimonta ad un'epoca assai rimota, mentre uno dei primi lavori, in cui si resero celebri i nostri isolani, fu quello delle armi, da cui trassero immensi guadagni, giovandosi destramente delle sciagure dell'infelice Italia lacerata tutto dì da crudelissime guerre. Indi ne fecero grande smercio ne' paesi Maomettani, ch'erano privi di ferro, tuttochè assai dediti alla guerra ed alla marina. I Veneti fino dai primi loro secoli sapevano ben temperare tutti i metalli, inciderli, intarsiarli, fonderli, amalgamarli, il che al certo esige qualche non lieve cognizione di chimica. Di fatti essi non solamente furono dei primi a coniar le monete, ma la purezza del loro oro ed argento le rese riputatissime anche in tempi assai rimoti, ed in contrade assai da noi lontane. Nicolò Conti che fu gran viaggiatore dopo Marco Polo, trovò i nostri zecchini in corso nell'Indie di qua del Gange, e sulla costa del Malabar. Quando Gama fu a Calicut, vide accreditati e in uso i ducati Veneti; e gli zecchini furono e sono tuttavia estremamente apprezzati in entrambe le Indie. Il Colonnello Cooper in una sua memoria asserì, che dal Mediterraneo alla China altra moneta non conoscono gli Asiatici, fuorchè il zecchino Veneziano. Anche nell'Yemen, o Arabia felice, con somma stima si guarda. Que' Sceriffi parte ne colano per farne picciole monete d'oro, e parte conservanli dentro vasi di vetro per goderne il vago colore. Il signor Bruce che viaggiò colà, ci racconta che quegli Arabi gli dimandavano, s'erano i soli Veneziani tra tutti gli Europei che possedessero le miniere d'oro; ed aggiunge che molti di essi fermamente credono che i Veneziani conoscano la pietra filosofale, o sia l'arcana scienza della trasmutazione de' metalli. Sarebbe mai possibile che quegli Arabi avessero alla fine persuaso di ciò questo viaggiator Francese, e ch'egli ritornato in patria ne avesse persuaso i suoi stessi concittadini? I Veneziani non seppero formar l'oro, ma seppero bensì formare grandi ricchezze, e fare lavori ingegnosissimi in ogni sorta di metalli. Fra questi è celebre quello degli organi. Certo prete Gregorio sin dall'824 mise in pratica nelle nostre lagune questo gratissimo strumento musicale, e tanta fama si acquistò che venne egli stesso presentato all'imperator Lodovico, il quale lo accolse con tutta cortesia, fermollo al suo servigio, e lo regalò di una ricca Badia in Francia. Un tanto applauso non ha niente di strano per chi conosce la somma industria ch'esige la costruzione di un organo, e il diletto che trar si può da quella celeste armonia. Bensì recar potrebbe molta sorpresa il dono offerto nell'868 dal Doge Partecipazio all'imperator Basilio il Macedone di dodici campane di bronzo. Veramente un tal dono sembra poco degno di sì gran principe, trattandosi di cosa, che, siccome ad ognuno è noto, fu comune anche agli antichi; avendo usato le campane tanto gli Egizj nel prestar culto al loro Serapide, quanto i Greci, e la stessa Roma signora del mondo ne' templi di Proserpina e di Cibele. Convien però dire, che ne' posteriori secoli di rozzezza l'arte di fabbricarle fosse deteriorata, e che la veneziana manifattura si segnalasse fra le altre, ovvero toccasse un punto di perfezione affatto sconosciuto da prima, e meritevole di attirarsi le meraviglie de' forestieri. Sia detto a lode del vero; benchè l'abuso che di questo istromento si fa oggidì, lo renda ingratissimo all'udito; qual mezzo però evvi più di esso efficace, più pronto e men penoso del suono delle campane, o vogliasi chiamare il popolo a recar in qualche parte soccorso, o si ami invitarlo agli esercizj divoti, o bramisi di eccitarlo alla gioja nei giorni festivi? Se il filosofo Pitagora si sentiva deliziato al picchiar di un martello sopra l'incudine, da qual maggior estasi non sarebbe stato rapito, se avesse conosciuto un simile istrumento, il quale mediante alcuni suoni rimbombanti ed armonici fa nascere un sentimento solo in un istante stesso in mille cuori, e a distanze grandissime?

Passiamo ora all'arte vetraria, che ognuno sa quanto esclusivamente appartenga alla nostra città. Non si negherà, che una volta i Greci e gli Arabi la trattassero con sommo successo, meritando le loro opere di essere presentate in dono agli stessi monarchi. Ma da che l'Oriente decadde dal suo lustro, ed alla Greca coltura sottentrò la barbarie, egli è certo, che altro miglior rifugio non trovò quest'arte, quanto il tranquillo seno di queste acque. Poco propizia potea parere la natura del sito, giacchè se Tiro abbondava di quella sabbia, che può sola dar la trasparenza alla materia vitrea, Venezia al contrario n'era priva affatto. Ma a che non giunge lo studio e l'ingegno? Fu per loro mezzo che si ottenne una composizione di cenere, che nell'effetto eguagliò ed anche sorpassò quella di Tiro. Le fornaci de' vetri erano qua e là sparse per la città. Sulla fine del secolo XIII vennero con decreto provvidamente ristrette nell'isola suburbana di Murano; e a tal Decreto è debitore quel luogo della celebrità del suo nome. Non v'ha in fatti forastiero, che di qua parta senza avergli prima renduto il debito omaggio, e senza avere ammirato l'infinito numero di lampane di capricciosa e varia simmetria, le graziose girandole tagliate a faccette, che disputano in pregio di lucidezza co' brillanti, e tanti fiori e frutti colorati, così imitanti la varietà, che l'occhio ne potrebbe rimanere ingannato, se la bocca ed il naso non ne cercassero in vano il sapore e l'olezzo. In Murano si lavoravano pur anco le lenti, un giorno da per tutto sì ricercate, ed altresì quegli specchi, la cui perfezione indusse le nazioni tutte a dimettere gli specchi metallici per sostituirvi quelli di cristallo.

Le Conterie o Margherite formano una classe di lavoro a parte. Sono esse certe perle di vetro traforate, di ogni grandezza e d'ogni colore, le quali anche oggidì da qualche paziente e industre mano si adoperano, infilzandole con ingegnosa distribuzione de' colori, per rappresentare qualunque più difficile ed anche emblematico disegno, risultandone una specie di mosaico assai vago, che ben può venire offerto, come lo è sovente, per sicuro pegno di dolce amistà. Il modo di lavorar queste perle è di special nostro diritto; nè v'ha chi ignori con quanta gelosia vegliassero le leggi Venete perchè tal arte non uscisse fuori dello Stato, e quali pene sovrastassero agli operaj disobbedienti alle leggi. Bella sorgente in fatti di lucro fu questa merce per noi, empiendosene ogni anno parecchi vascelli, che lieti volavano ad abbellire le sale ed i Cioschi degli Orientali con variopinti fiocchi e frange di vetro, sicuri di riportarne in quello scambio le perle e i diamanti. Sino dai tempi molto lontani ebbero le conterie Veneziane gran credito tra gli Asiatici e gli Africani. Vasco di Gama le trovò diffuse in Calicut, ove facevano le veci di moneta; ed il signor Macartney racconta, che tuttora i Mandarini Cinesi e Tartari usano su i loro abiti bottoni di pasta Veneziana, e ornati di margherite Veneziane, come distintivi onorifici, e segni di alto grado. Nè v'è in ciò punto da meravigliarsi; poichè qual valore reale avevano le antiche corone di quercia, o quale ne hanno fra noi gli altri segni rappresentativi? e chi non sa, che il loro giusto valore consiste solo nella giusta loro ripartizione?

Anche dell'arte dell'Orificeria devesi parlare. Essa non è gran fatto diversa da quella di fonder metalli che pure abbiamo veduto fiorire in Venezia fino dal nono secolo. Forse sarà scorso qualche altro secolo ancora, prima che si arrivasse a trattar l'oro e l'argento con isquisitezza di gusto; e per verità sino al 1123 non incontrasi nessun cenno ne' nostri archivj di cose attinenti a quest'arte. È tuttavia cosa osservabile che a quell'epoca si eseguisse uno de' più gentili tra sì fatti lavori, cioè le smaniglie d'oro. Per esse un nostro erudito intende la voce Entrecosei che si legge in un testamento. Ed in vero male non si appropria l'epiteto d'intrigose a quelle delicate catenelle d'oro fatte di minutissimi anellini che le donne Veneziane ebbero sempre particolar vaghezza di portare pendenti in più giri dal collo, e ravvolte intorno ai polsi. Era questo nei primi tempi il loro unico e signorile ornamento. Se non che quando videro ritornar dal Levante i loro mariti colle gemme e colle perle, s'invaghirono de' nuovi fregi. Il loro capriccio porse alimento ad un'arte novella. S'imparò a legare in oro e in argento le pietre preziose, ed a foggiarle in cento forme diverse, e per esse si credettero le patrizie che la bellezza de' loro volti acquistasse risalto maggiore. Acquistò bensì maggior distinzione il loro grado giacchè fregi venuti di lontane regioni, e a caro prezzo comprati, non potevano convenire che alle nobili e alle ricche. Fu allora, che l'uso delle smaniglie d'oro rimase soltanto per le donne del popolo. Esse continuarono sempre ad ornarsene, ed in particolare quelle della classe de' gondolieri. Una loro moglie o una loro figlia riputerebbesi infelice, se non potesse in giorno di festa presentarsi alla Chiesa o al diporto, ornata di molte fila di cordon d'oro. E ben hanno giusto motivo di questa lor vanità; poichè esso è il vero cordon d'onore, essendoselo procurato col frutto del travaglio delle loro mani, col sudore della loro fronte, e colla loro frugale economia.

Queste furono le arti con cui Venezia tanto si arricchì; ma v'è ancor da osservarsi che per quanto grande sia la svegliatezza e l'attività d'una nazione, non mai le arti vi possono fare progressi sensibili, se l'intelligenza sovrana non le anima col suo spirito, non le sostiene colle sue leggi. Di tale soccorso non mancarono esse al certo in Venezia. La sapienza con cui qui si pervenne a regolare le diverse manifatture, e ad invigilare sopra gl'intraprenditori e gli operaj, fu sempre oggetto di ammirazione pei forestieri. Sino a tanto che si osservarono, ed ebbero forza queste discipline, le manifatture, non che il resto, si sostennero, e furono la gloria e la prosperità de' Veneziani.

Abbiamo veduto sin qui una popolazione di navigatori, di mercadanti, di artefici e di operaj. Non è però a credersi che a ciò soltanto limitassero la loro sollecitudine, e sdegnassero di associarvi quelle arti più nobili che sono la vera delizia dello spirito umano. La poesia, per esempio, quanto non prosperò tra le nostre lagune? Se altri non potessimo schierare che un Bembo, un Navagero, un Bernardo Capello, avremmo abbastanza di che insuperbire per questi nomi soltanto. Ma l'eloquenza doveva essere il partaggio di un popolo che più d'ogn'altro somigliava a quello di Atene e di Roma. Quattordici e più secoli di politica esistenza può numerare la nostra città, ed altrettanti appunto ne conta appo noi la gloria di quest'arte divina. Se v'ebbe chi presagì non ha guari alti destini all'Italia, perché creata dalla natura alla poesia estemporanea, non oscuri dovrebbero essere i giorni d'una nazione capace di adeguare la magniloquenza de' Romani e de' Greci. Che che sia di ciò, in mezzo ad un popolo sensibilissimo alle grazie della poesia e della eloquenza, non è a stupire che con rapidità non comune si sviluppassero altresì le arti del disegno che non men di quelle, son figlie di fantasie fervide, pronte, creatrici. A coltivarle e a mantenerle in fiore a Venezia ci avea qualche parte anche l'interesse. Il soccorso della pittura, della scultura, dell'architettura non potea che giovare al perfezionamento di quelle arti meccaniche che aprivano sì ricca fonte di lucro al genio mercantile dei nostri padri. Che sarebbero in fatti le manifatture degli artisti, se il gusto del disegno non ne tracciasse le forme, e non le riducesse ai principj generali della bellezza? Ma intorno alle belle arti ci si offrirà miglior campo di parlare nella Festa susseguente. Esse rispetto alla Fiera dell'Ascensione che attualmente forma il nostro primario scopo, non potrebbero occupare che il secondo posto. E d'altronde la Scuola Veneziana che nella pittura ci diede un Tiziano, un Paolo Veronese, un Tintoretto; nell'architettura un Sansovino, un Palladio, uno Scamozzi, e nella scultura parecchi egregi scarpelli, tra quali l'ultimo che ci rinnovellò i prodigi di Fidia, di Policleto, di Prassitele, la Scuola, dico, Veneziana merita di avere un articolo ad essa sola consacrato.

Giunta l'industria de' nostri poco lungi dall'apice della perfezione, non istettero le altre nazioni ad aspettare che i Veneziani recassero le proprie manifatture ne' loro paesi, ma spedirono qua de' mercadanti a farne la compera. Ciascuna faceva a gara per acquistar ciò che in nessun altro luogo si sarebbe trovato. Venezia allora divenne l'emporio di tutte le genti. Anche prima del nono secolo usavasi tenere ogni settimana un mercato in Olivolo a cui però concorrevano solamente gli abitanti delle vicine spiagge; ed in Murano si facevano due Fiere all'anno per lo spaccio degli specchi, e dell'altra merce vetraria. Crebbe l'affluenza de' forestieri, quando Papa Alessandro III concesse molte indulgenze a chi visitasse la Chiesa di San Marco, e quella della Carità negli otto giorni susseguenti alla festa dell'Ascensione. Si videro allora venir persone divote da tutte le città d'Italia, non che d'oltremare. E benchè il primo oggetto fosse quello della pietà religiosa, pure giungendo in una città sì mercantile e sì ricca, coglievano quest'occasione per provvedersi di quanto può abbisognare al sostentamento e ai comodi della vita. Ed ecco nata nel Governo l'idea di stabilire una Fiera formale, in cui si sfoggiassero tutti i prodotti della nazione, ed i gran depositi delle straniere mercanzie. Fu nel 1180 ch'essa ebbe il suo principio, e sin d'allora si tenne nella Piazza di San Marco, cominciando dal giorno dell'Ascensione (donde trasse il corrotto di Sensa), e continuando per gli otto dì susseguenti che poi si estesero a quindici.

In un ampio recinto si distribuivano infinite botteghe di legno, dove ponevansi in bella mostra le produzioni migliori dell'Oriente a canto alle nostre che le uguagliavano nell'eccellenza, nè temevano punto il confronto. Quivi trovava ognuno di che soddisfare non meno al proprio bisogno che al diverso capriccio. Qui spiegava l'arte vetraria i pregi del suo magico artificio; qui l'orificerìa le sue vere ricchezze; qui i pannajuoli, i setajuoli facevano conoscere il loro valore nella squisitezza de' panni, nella sontuosità de' broccati e delle stoffe intessute di oro e d'argento. Nè le arti men nobili rimanevano escluse; e calzolaj, e calderaj, e fabbri, e magnani, ed ottonaj, e fin anco i lavoratori di panieri di vinchi, ed i fabbricatori di fantocci e di trastulli fanciulleschi, acciocchè non v'avesse condizione o età che non vi ci trovasse di che appagarsi. Tutto era in copia, tutto era scelto. Non si può passare sotto silenzio l'antica usanza curiosa di esporre nel luogo più cospicuo della Fiera una figura di cenci vestita da donna, la quale serviva di modello per la moda di tutto l'anno. Le nostre belle accorrevano ansiosamente ad ammirarla, felicissime se aveano i mezzi di poterla ricopiare. Esse erano allora ben lontane dall'immaginare che verrebbe un tempo, in cui questa moda incostante cangierebbesi quasi ogni giorno, e diverrebbe la principale occupazione del sesso.

L'accoppiamento di sì moltiplici, e sì varj oggetti in un medesimo luogo raccolti, eccitava ognor più negli artefici una gara ardentissima di superarsi l'un l'altro, con che venivasi a guadagnar molto per l'incremento delle arti. Oltre di che l'immensa folla de' forestieri, attiratavi parte dall'interesse, parte dalla curiosità, aggiungeva nuovi stimoli alla vanagloria della nazione che raddoppiava gli sforzi per farsi ognor più rinomata.

Il recinto della Fiera, di cui facemmo cenno, non si deve confondere con quello che il Senato ordinò e fece eseguire l'anno 1776. Benchè questo pure fosse di legno, sorpassò di gran lunga l'altro per l'eleganza della costruzione, e pei fregi architettonici di cui lo abbellì il valoroso Architetto Macaruzzi. Era esso quadripartito, elittico di figura, e rigirato nell'interno da un largo porticato, sotto cui si aprivano i fondachi delle merci più pregiate, lasciandosi alle altre men nobili il far di sè mostra nel circuito esteriore. Macchina veramente ammirabile anche per la somma facilità, con cui i varj pezzi ond'era composta, potevansi connettere e sconnettere, tal che in cinque o sei giorni essa nasceva dal suolo e in men di tre giorni spariva. A mal grado della recente decadenza del nostro commercio, e più ancora delle manifatture, meritava qualche attenzione anche lo spettacolo della moderna Sensa, giacchè se in ricchezza e in rarità di lavori non poteva competere con quella de' tempi andati, la vantaggiava per altro nello studio e nella pompa usata dai bottegaj, perchè risaltasse maggiormente all'occhio de' risguardanti il pregio delle loro opere, e delle loro merci. Chiunque anche fuor della Sensa s'abbattè a vedere gli apparati della nostra Mercerìa all'occasione di qualche Festa o trionfo solenne, può solo dire, qual sia il singolare artificio de' Veneziani nel disporre con simmetria e buon gusto i generi esposti in vendita; anzi non so se si potesse darne un'adeguata idea con parole. Sia desso un fondaco di tele o di panni, sia una bottega di argentiere, sia pure una panca di frutti, tu vedi bene immaginata la collocazione per riguardo alle forme, ben disposti con armonica gradazione i colori, tutto prendere un'aria di decorazione e di prospettiva; qua sorgere una piramide, là incurvarsi alquanti festoni, altrove distendersi un quadro. Chi il crederebbe che tra noi, specialmente nel Venerdì Santo, fin le botteghe di selvaggina usassero offerire di se un sì grazioso spettacolo? Pretendesi con tali apparecchi di attribuire un carattere di distinzione alla solennità; ma a dirla schietta, non sarebbe piuttosto che si volesse attirar meglio la gola di chi passa verso qualche ghiotto boccone, dopo molti giorni di mortificazione e di astinenza?

Al difetto delle mercanzie massiccie e delle manifatture squisite, si supplì ancora coll'esporre in mostra i parti migliori dell'ingegno nelle arti delicate del Disegno. Ed in fatti i nostri professori riguardavano la Fiera dell'Ascensione come il principio della loro gloria come il cammino che condur li doveva alla celebrità. Spendevano essi nel ritiro, nel silenzio, nel mistero le loro cure, le loro veglie per comparir poscia in que' giorni a ricevere il tributo di elogio e di ammirazione dovuto alle egregie loro produzioni. Fu appunto in questa Fiera che si potè conoscere a qual grado di superiorità giunger dovesse quell'illustre scarpello già mentovato, per cui finirono d'essere inimitabili le opere più rinomate degli antichi Greci scultori. Canova ancor giovinetto espose nella Fiera della Sensa il Gruppo di Dedalo ed Icaro che puossi tuttavia ammirare nel palazzo Pisani a S. Polo. L'artista ardì ancor egli innalzarsi sulle ali del genio fino all'apice della gloria; ma non ebbe già la sventurata sorte dell'imprudente giovane da lui scolpito. Canova si è alzato e si è sostenuto nel sublime suo seggio, e già la posterità lo ha proclamato primo fra gli scultori del nostro secolo. Ci perdonino quegli altri valenti artisti che in questa Fiera colsero un giorno corone, se dopo quel di Canova non rammentiamo i lor nomi. Oltre l'affezione singolare che a quest'insigne scultore ci legò, egli esigeva da noi un distinto tributo, siccome vero portento dell'arte, massime ove non si trattasse di ricopiare servilmente in marmo un volto vivente, ma fosse stato lasciato aperto il campo agli sfoghi del suo versatile genio. L'autore del Laocoonte non ci apparirebbe al certo così sublime, se non avessimo avuto di lui che una comandata effigie di qualche borioso monarca, invece di quell'ammirando gruppo, che desterà in tutti i secoli pietà, raccapriccio e terrore.

Non si durerà fatica a credere che un luogo in cui si raccoglievano tanti oggetti piacevoli a riguardarsi, divenisse il centro, anzi la reggia del divertimento e della gajezza. A questo concorreva da ogni parte il bel mondo, e in esso le giovani Veneziane sfoggiavano più che mai il potere e l'incanto de' loro vezzi. Passeggiavano la mattina nel loro abito nazionale, cioè ravvolte nel seducente lor zendaletto di seta nera che giustamente fu detto emulo della cintura di Venere. Con artificio stava appuntato sul capo, con malizia copriva e discopriva il volto, con eleganza si attortigliava alla vita, e quest'artificio, questa malizia, quest'eleganza davagli il potere veramente magico di abbellir le brutte, e di fare viemmaggiormente spiccar le attrattive delle belle. Esse la sera, mascherando la graziosa loro persona entro un nero mantello ed una cappa pur nera di finissimo merlo chiamata bauta, prendevano tutte una medesima forma. Pure quel piccolo cappello alla maschile, di cui erano adorne, messo con una non so qual bizzarrìa, aggiungeva maggior espressione alla fisonomia, maggior vivacità agli occhi, e freschezza alle guance. Nella Sensa trovava ognuno un diletto a suo modo, ed anche il più severo Aristarco era costretto di rallegrarsi, osservando quel felice miscuglio della più antica e rispettabile nobiltà, coll'onorata cittadinanza e coll'altra moltitudine di ogni classe che si approfittava indistintamente di un passeggio abbagliante di giorno per l'apparato di tante ricchezze, e molto più la notte per lo splendore di tante faci.

Questa specie di Festa, giacchè tale poteva chiamarsi la Fiera dell'Ascensione, continuò in tutto il suo lustro, e col medesimo concorso de' forestieri sino al 1796. Ma l'anno appresso quando appunto lo steccato della Piazza doveva venir rinnovato, la sedicente Democrazia nel suo furor distruttivo, coperto dal velo della perfettibilità, fece man bassa sopra la Sensa, sul Bucintoro, sul Corno Ducale, sul Libro d'oro, e su tutto ciò infine che risvegliar poteva la memoria degli antichi patrj istituti; e parte di queste cose mise in pezzi, parte ne incenerì con trasporti sfrenati di gioja, forzando, per così dire, i miseri Veneziani che non potevano certo partecipare nè dei suoi eccessi, nè delle sue idee, a ridere dentro ai fianchi del toro di Falaride.

Festa dei banchetti pubblici.

Un pubblico Banchetto facendo parte della gran solennità del giorno dell'Ascensione, pare opportuno il parlar qui sì di questo come degli altri tutti, con cui la Repubblica costumò di rallegrare alcune sue Feste.

I nostri saggi antenati incessantemente intesi, com'erano, alla comune felicità, si compiacquero di ammettere tutti quegli utili usi che trovarono presso altri popoli. La storia avea loro mostrato che tutte le nazioni avevano instituito pubbliche mense, chiamate dai Greci Filitie, cioè a dire, associazioni di amici, ovvero Agapi, cioè banchetti rallegrati dall'amore e dalla virtù. Venivano essi considerati come il miglior mezzo per la conservazione delle leggi, per l'unione fra i cittadini, e per aggiunger energìa ai legami della loro mutua amicizia. I Veneziani risolvettero adunque d'introdurre anche fra loro un sì lodevole costume. Ma siccome avevano del pari osservato, che malgrado la santità, in cui anticamente tenevansi questi conviti, a seguo di chiamarli coll'augusto nome di Sacramento che rinserra l'amicizia, non erasi però potuto impedire che i vizj più enormi, quali sono l'ambizione, l'intemperanza, la discordia non vi s'introducessero per profanarli, così da saggi Repubblicani vollero regolarne le forme, limitarne il numero, e la spesa; al qual fine diedero al Doge una prefissa somma, lasciando a lui la cura del resto. Cinque Banchetti all'anno si stabilirono, e questi ripartivansi nelle giornate fra noi più solenni, acciocchè venissero a far parte delle Feste civili e religiose che vi si celebravano. Questi giorni erano quello di San Marco, quello dell'Ascensione, di San Vito, di San Girolamo, e di Santo Stefano.

Presso di noi non facevasi già come negli antichi conviti, dove ognuno indistintamente avea luogo, nè come nei banchetti regali, ove di raro la virtù, bensì la nascita, il rango o le ricchezze decidono della scelta. A Venezia non potevano parteciparne che gl'invitati dal Doge. Ognuno d'essi avea ricevuto in prima la pubblica sanzione, per essere stato eletto in qualche Magistratura, sia come principale, o come Secretario. Contavansi presso a poco ogni volta cento coperte. Le primarie cariche dello Stato, come i Consiglieri, i Capi del Consiglio de' Dieci, gli Avvogadori, i Presidenti de' Tribunali Giudiziarj vi erano sempre ammessi; le altre Magistrature avevano la loro volta. In ogni occasione desideravasi bensì di eccitar l'emulazione alla virtù, l'amor della patria, ma volevasi però evitare tutto ciò che suscitar potesse la gelosia, la rivalità; ed è per questo che un antico statuto o legge ordinava al Doge di regalare cinque anitre di mare a que' patrizj che non avessero potuto trovar luogo nei banchetti; e queste servir dovevano per la loro porzione del pranzo; esse furono poi cangiate in una moneta coniata espressamente per quest'occasione, e che per ciò trasse il nome dì Osella; da una parte della quale vedevasi l'immagine di San Marco in atto di presentar lo stendardo al Doge, e dall'altra il nome del Doge regnante, e l'anno della sua Ducea. L'uno e l'altro di questi compensi ci fanno conoscere la frugalità patriarcale di questi conviti. E pure non è essa preferibile a quelle cene così sontuose dei Romani, delle quali una sola era bastante, come si dice, ad annientar affatto il patrimonio delle più opulenti patrizie famiglie? Nondimeno coll'andar del tempo si deviò anche in Venezia dalla prima semplicità, e vi s'introdusse tale magnificenza, quale però non disconvenivasi al capo d'una florida Repubblica.

Si cominciò dal destinare a quest'oggetto una superba Sala nel palazzo Dacale che portò il nome di Sala dei Banchetti. Questa nella sera precedente al giorno della Festa, illuminavasi magnificamente per lasciar godere dello spettacolo, che presentavano quelle tavole tanto ben preparate, e quelle credenze coperte di molta argenteria d'una ricchezza e d'un lavoro ammirabile. Una porzione apparteneva al Doge. l'altra al Governo, e n'era la custodia affidata ad un apposito Magistrato che la faceva esporre ad ogni occasione di Banchetto. Li Desserts erano tutti di cristallo a colori: opera d'industria nazionale già sì famosa. Questi rappresentavano le imprese, le vittorie, i Veneti trofei. Cangiavansi di forma qualunque volta si offerivano al pubblico. Concorreva il popolo in questa Sala per ammirar lo splendore di tante ricchezze, e di tante opere di buon gusto; ed intanto ritraevane il frutto più atto alla sua felicità, poichè istruendosi, mediante questi quadri mobili, dei fasti della Repubblica, egli vieppiù si affezionava al Governo.

Le vivande erano le più squisite e le più ricercate. Noi però non avevamo bisogno per questo di ricorrere ai paesi più lontani per procurarcele; chè i nostri mari, i nostri laghi, i nostri fiumi, le nostre terre, le nostre stessa lagune ci porgevano quanto mai sapevamo desiderare. Storioni di una grandezza sorprendente: trote eccellenti non ci lasciavano punto invidiare il famoso rombo di Domiziano; ed alle ostriche del nostro Arsenale, per superar la fama delle lucrine, mancò solo un poeta che le celebrasse. Le frutta primaticcie del nostro litorale, e delle nostre isole davano a conoscere la beata fecondità del loro suolo. Il vino era versato abbondantemente, il che vieppiù eccitava a portare i brindisi all'amicizia, alla comune felicità. Il maestro delle cerimonie del Doge era incaricato di porgerli da una all'altra mensa. Vedevasi da per tutto brillar la gioja universale, la quale assai più che dalla soddisfazione dei sensi, derivava dal piacere della conversazione, e dalla reciproca effusione del cuore. Non v'ebbe mai bisogno qui di ricorrere a quella legge stabilita da Licurgo, la quale ordinava che si esponesse nella sala del convito il simulacro del Dio del Riso. La giovialità nobile e decente che regnava fra i nostri convitati, escludeva pur anche quell'altro uso greco che commetteva al più vecchio fra i convitati di avvertire gli altri a moderare il tuono della voce, sia nel parlare che nel ridere. La gioja che deriva veramente dal cuore, non è già un movimento convulsivo e disordinato che giunga fino al trasporto: gli uomini costantemente felici si abbandonano al piacere con una tranquillità, poichè la loro anima non ha bisogno di venire distratta da scosse atte a cancellare le anteriori impressioni.

Da lungo tempo era proibito rigorosamente ai patrizj, al Doge stesso il tenere comunicazione di sorte alcuna co' ministri delle corti forestiere, eccetto che nelle occasioni di pubbliche solennità. Quindi è che il Corpo Diplomatico coglieva allora l'opportunità di parlare col Doge, e compiacevasi di corteggiarlo. Gli Ambasciatori che avevano fatto il loro ingresso, sedevano fra i commensali; gli altri non potevano presentarsi che incognitamente all'uso Veneziano, cioè a dire, mascherati di mantello e Bauta. Gli individui della famiglia ne facevano gli onori: toccava ad essi l'accompagnarli; presentavano essi al Doge i Re ed i Principi che si trovavano in Venezia: vi furono degl'Imperatori che si compiacquero di assistere ai banchetti della Repubblica. Questi illustri personaggi si trovavano misti col popolo Veneto, al quale non veniva perciò tolto il diritto che aveva di essere spettatore di queste mense. Vi accorreva in folla, giulivo di poter contemplare dappresso Sua Serenità seduta sul seggio Ducale in mezzo ai suoi ospiti augusti. Non potevasi vedere senza una tenera commozione tutta questa moltitudine resa ardita dalla sua nobile fedeltà, avvicinarsi con sicura fiducia a quelle mense, offerendo al suo Principe, cioè, a' suoi Magistrati raccolti, i più candidi omaggi del cuore, senza mai sentire la menoma invidia, nè cagionarvi mai il più piccolo disordine. V'interveniva il bel sesso ancora, poichè nulla può farsi in Venezia di piacevole senza l'intervento delle donne. Venivano esse ad abbellire il convito colle loro attrattive, ed avvicinavansi quale all'uno, quale all'altro de' convitati, da nulla altro trattevi, fuorchè da quell'amabile simpatia che si sente, senza poterne nè meno render ragione a sè medesimo: esse non si mostravano punto restìe a ricevere gentilmente i piccoli doni di fiori, di frutta, e di confetture che lor venivano offerti. Il Doge stesso non credeva offesa la sua dignità alzandosi alquanto dal suo seggio per porgere qualche omaggio alla bellezza, e per dare alla radunanza tutta un pubblico testimonio della sua benevolenza. Se Platone credette giusto il rimproverar Minosse e Licurgo per non avere ammesso le donne nelle loro Filitie, egli avrebbe certamente approvato quest'affabilità del capo della Repubblica, siccome il mezzo più sicuro di affezionarsi i sudditi.

Ma perchè la folla empieva la Sala, ed i servi si trovavano impicciati nel prestare il loro ufficio, era pur uopo che il popolo si ritirasse dopo il primo servito. E come fare per riuscirvi? Niuno aveva la permissione d'intimar la partenza, nè certo veruna forza militare dovea intervenirvi. Fu preso dunque l'espediente, che, come si usa nei sacri templi, quando alcun fervido divoto rapito in estasi dimentica l'ora della partenza, un usciere del palazzo scuotesse un fascio di chiavi; al qual segnale ognuno senza più se ne andava.

Partiti gli spettatori, sottentravano i musici. Sempre fu l'armonia fida compagna dei festivi conviti. Credono alcuni, che vi fosse introdotta, perchè col suo incanto accrescesse quella giocondità, che provano gli animi nel confondersi liberamente insieme, il che sempre accade tra il fumar delle tazze e delle vivande; ma chi sa che il costume non fosse anzi diretto ad un oggetto tutto contrario? Egli è certo, che il misurato suono delle note musicali può giovare ad infrenar gli smoderati trasporti del giubilo, ed assoggettarli ad una non so quale armonica legge, ed a ritenerli tra i confini dell'ordine e del decoro. Procuravasi sempre, che in queste nostre musiche entrassevi qualche cosa di particolare. Troviamo memoria, che a' tempi del Doge Agostin Barbarigo, Cassandra Fedeli, giovane Veneziana illustre non men per bellezza che per sapere, dilettò una volta l'augusta brigata col cantare all'improvviso bei versi latini, accompagnandoli col suono della sua lira. In tempi posteriori le pubbliche mense venivano rallegrate dalla recita di Drammi per musica, quando questi non si avevano ancora aperta la via del teatro. Ma divenuti in appresso spettacolo troppo comune, furono congedati dai banchetti, ed in lor vece si costumò sino agli ultimi tempi l'introdurre nella sala un coro di musici della Cappella Ducale di San Marco, i quali con variati concerti di suono e di canto porgessero diletto all'orecchio de' nobili commensali.

Terminato il banchetto, venivano gli scudieri del Doge a presentare ad ogni convitato un gran paniere di dolci, ornato dello stemma del Principe regnante. Tutti poscia alzavansi dal loro seggio, e andavano ad accompagnare al suo appartamento il Doge, il quale giuntone alla soglia, si volgeva per salutar gentilmente i suoi ospiti, che gli facevano riverenza senza aggiunger parola, e se ne andavano.

Duranti tali complimenti, ogni gondoliere de' convitati entrava nella sala dei banchetti per prendere il paniere del suo padrone, che ne faceva poscia un presente alla dama del cuore. Quanta curiosità di sapere dove sarebbe portato! Ma questo era spesso un mistero, ed il fedel gondoliere mostravasene ignaro, e custodiva gelosamente il segreto. Il cuor delle belle palpitava; mentre la gondola il maggior canale e i minori fendeva. Il paniere poi era troppo grande per venire occultato; ed esposto essendo agli occhi di tutti, non lo si perdea mai di vista. Felici quelle che potevano ottenere questo pegno di una predilezione, che accarezzava il loro cuore, ed insieme lusingava il loro onesto amor proprio! La sciagura maggiore che accadere potesse, quella si era di vederlo diviso.

FINE DEL VOLUME PRIMO.